中华先锋人物
故事汇

茅以升

现代桥梁之父

MAO YISHENG
XIANDAI QIAOLIANG ZHI FU

祁 智 著

图书在版编目（CIP）数据

茅以升：现代桥梁之父/祁智著.—南宁：接力出版社；北京：党建读物出版社，2022.12（2024.12重印）

（中华人物故事汇.中华先锋人物故事汇）

ISBN 978-7-5448-7843-2

Ⅰ.①茅… Ⅱ.①祁… Ⅲ.①传记小说－中国－当代 Ⅳ.①I247.5

中国版本图书馆CIP数据核字（2022）第141449号

茅以升——现代桥梁之父

祁 智 著

责任编辑：唐 玲 曹丽丽 季利清
责任校对：刘会乔 李姝依
装帧设计：严 冬 美术编辑：高春雷
出版发行：党建读物出版社 接力出版社
地 址：北京市西城区西长安街80号东楼（邮编：100815）
 广西南宁市园湖南路9号（邮编：530022）
网 址：http://www.djcb71.com http://www.jielibj.com
电 话：010-65547970/7621
经 销：新华书店
印 刷：北京科信印刷有限公司
2022年12月第1版 2024年12月第4次印刷
787毫米×1092毫米 32开本 5.75印张 85千字
印数：28 001—36 000册 定价：28.00元

版权所有 侵权必究

质量服务承诺：如发现缺页、错页、倒装等印装质量问题，可直接联系本社调换。
服务电话：010-65545440

目 录

写给小读者的话 ············· 1

茅家添了个男娃娃 ············ 1

搬家到南京 ················ 7

祖父的希望 ················ 13

说我不行我偏要行 ············ 21

成为"新学生" ············· 29

走到哪儿拆到哪儿 ············ 39

建造一座彩虹桥 ············· 49

学无止境 ················· 57

阴差阳错的求学路 ············ 65

先学习，再革命 · · · · · · · · · · · · · · 75

"奇才"393 · · · · · · · · · 85

不可思议的留学生 · · · · · · · · · · · · 93

破解世界难题 · · · · · · · · · · · · · · · 103

最好的选择 · · · · · · · · · · · · · · · 111

钱塘江盼来了造桥人 · · · · · · · · · 121

把不可能变成可能 · · · · · · · · · · 131

挥泪炸桥 · · · · · · · · · · · · · · · · · 143

焕然一新的钱塘江大桥 · · · · · · · · 149

万里长江第一桥 · · · · · · · · · · · · · 157

永恒的桥魂 · · · · · · · · · · · · · · · 165

写给小读者的话

逢山开路,遇水搭桥。

桥的建造,最早可能受倒在河上的大树启发。于是,木桥、石桥、砖桥……架在沟壑之上。

在大铁桥问世之前,中国的造桥技术领先世界,但是,在建造大铁桥方面,中国落后了。落后的原因,是现代科学技术落后。

大铁桥不仅坚固耐用,更重要的是,可以横跨宽阔的江河。没有大铁桥,遇到大江大河,只能轮渡,或者望着江河兴叹。

中国的发展,需要大铁桥,怎么办呢?外国人来了。他们带来了技术,带来了材料,但他们造桥,是为了赚钱,遇到困难,就望而却步。

这时候茅以升出现了。

茅以升从小聪明能干,而且勤奋学习,追求真理,志向远大。他先是去外国学习技术,用很短的时间,在非常困难的情况下,高质量地完成学业,并且学成归来,报效祖国。

茅以升报效祖国的方式,就是造桥。他发明了建造大桥的许多方法,克服了一个又一个巨大的困难,主持修建了中国人自己设计并建造的第一座现代化桥梁——钱塘江大桥。

这是中国铁路桥梁史上的一座里程碑。

中国建造大桥的技术,先是追赶上了世界先进水平,然后领先世界。

茅以升亲手将钱塘江大桥建成,八十九天后,他却亲手把大桥炸断。其间到底发生了怎样的故事?茅以升在武汉长江大桥、北京人民大会堂的建设上,又有哪些贡献?

翻开书,如同打开一个辽阔世界。天地之间,有一道美丽长虹。

茅家添了个男娃娃

吱呀——茅乃登拉开西厢房的门。

天已经蒙蒙亮。虽然进入新年,现在却是一年中最冷的时候。凛冽的寒风席卷着江面的冷气,铺天盖地碾压过来。空气被冻得丝丝发紧,吸进鼻腔硬硬的、冰冰的。

昨天太阳落山,韩石渠肚子隐隐作痛。预产期到了,西厢房被布置成产房,分出里外两间,中间拉着一道碎花门帘。接生的婆婆从容地指挥着,产房里人进人出。

茅乃登在外间听着动静,坐立不安。一张过期的《申报》,被他摊开,卷起,再摊开,再卷起,快烂了。

祖父茅谦坐在堂屋里的椅子上。桌上点着油灯，火苗很神气地跳跃着。从昨天黄昏到现在，他就一直坐在这里写《水利刍议》，时不时抬起头，看着西厢房的方向。

茅谦见过世面，沉得住气。

茅谦在镇江、扬州一带很有名望。他好学上进，是著名经学大师柳兴恩、数学家杨履泰的学生。他饱读诗书，才思敏捷，能言善辩，下笔如神，中举之前，靠帮人写文章养家糊口。他年轻的时候逃难，到了里下河地区的兴化。兴化地势低洼，只要下雨，就是"水乡泽国"。这让他感觉到兴修水利的重要，于是他最近在写专著《水利刍议》。

茅谦参加乡试，屡试不中，这让他很沮丧。一年前的秋天，他又到南京参加省里的乡试。这一次终于如愿。

茅谦是有宏伟志向的人，曾经远游河南、河北、湖南、安徽，考察国情、社情、民情、风情。四十八岁中举，年龄虽然不小了，却也还是做事的好年纪。

去年春天,茅谦赴京参加会试。康有为和梁启超召集各地进京会试的一千三百多名举人,上书光绪皇帝,要求朝廷变法。举人进京会试,都是朝廷出钱,公车迎接,所以举人联名上书,又叫"公车上书"。他当时在酒馆里和同乡喝酒,听说康有为和梁启超召集,赶紧跑过去。他参加了上书文稿的起草,也是上书的举人之一。

旧势力是顽固凶狠的,"公车上书"最终失败。茅谦不由得心灰意冷,决定放弃仕途,回家乡兴办教育。

镇江城像一枚巨大的铜钱。城市的建设,从铜钱的方孔开始,逐步向四面八方扩展。城市越来越有规模,铜钱也越来越大。

五条街在铜钱方孔的位置上,是"五条大街"的意思,包含南门大街、梳儿巷、第一楼街、中街、中山路一大片。

从元代开始,五条街就是镇江城的商贸中心,也是镇江最繁华的地方。方志、笔记、戏曲和民间传说,经常会提到这里。《警世通言》第二十八卷《白娘子永镇雷峰塔》中就有,"夜间教他去五条巷卖豆腐的王公楼上歇";《喻世明言》也有,"我有远族,见在镇江五条街开个招商客店"。

在梳儿巷和南门大街之间有一条巷子,把两条大街连在一起,这条巷子叫草巷。

草巷街道蜿蜒。街面铺着的青砖、石板,因为多年车行人走,有的碎裂,有的缺失,但还是能看得出早年的气势。

街道两边排着高高低低的房子,大部分是民居,间杂着店铺。地上的湿气侵蚀墙根,青苔趁机向上爬,但力气不够,至多爬到半人高的位置,被太阳晒干。后续的又爬上来,再被太阳晒干。天长日久,墙面的下半部发黑,好像在告诉路过的人,这房子经历过一大把岁月。

屋顶的瓦是灰色的。一棵棵瓦楞草,在冬天里蔫着,像一只只缩着脖子避寒的鸟。它们并没有枯死,破烂的外表包裹着倔强的心。夏天的雨水一到,眨眼之间就会蓬勃起来,整齐地站在瓦楞之间。

茅家就在草巷里。

吱呀——茅谦听到西厢房门被推开,急忙离开太师椅,向门口跑去。他和茅乃登在堂屋门口相遇,看到茅乃登一脸喜气,悬着的心终于放下了。

"平安。"茅乃登搓着手说,"是——"

"生什么不重要,"茅谦摆摆手中的《水利刍议》,"平安就好!"

"恭喜老爷!"

"恭喜先生!"

接生的婆婆笑着跑出来:"是个小公子。"

茅乃登抑制住激动,对茅谦说:"父亲,起个名字吧。"

大家扬着期待的笑脸,看着茅谦。

"哈哈哈哈……"茅谦抚弄着胡须,抬起头,思考着。

太阳已经跳出地平线,红彤彤的,像憋了一个晚上。万道金光,让天地间一片澄明祥和。远处的江面上,传来行船的一声声汽笛声,像一个个壮汉喊出的号子。砰——啪!谁家放了几个炮仗,威力很大,脚下明显感觉到震颤。院外已经热闹起来,"镇江锅盖面……"在嘈杂的声音中格外突出……

"就叫——"茅谦看着冉冉升起的太阳说,"'茅以升'吧——茅以升,字唐臣。"

"哇——"西厢房响起嘹亮的啼哭声。

搬家到南京

端午节那天,茅谦把亲家韩福坤请到家里。两家人围坐在葡萄架下,喝雄黄酒,吃粽子。茅以南绕着桌腿玩,茅以升半躺半坐在韩石渠的腿上。

"我有一个决定——"茅谦忽然说,"我打算搬家。"

茅谦把大家说愣住了。

韩福坤开玩笑地问:"哦?亲家从何处得意外之财,准备换豪宅啊?"

"我哪里能发财啊?我是想把家搬到南京去。"茅谦指着茅以南和茅以升说,"我要给孩子们找个好地方。"

"镇江不好吗?"韩福坤觉得奇怪,"我们韩茅两家，世世代代生于斯，长于斯。"

茅谦说："南京比镇江更好。"

"何以见得？"韩福坤问。

茅谦一笑说："南京，天下文枢。"

搬家去南京，茅谦是经过深思熟虑的。

茅谦到过南京、北京，知道外面的世界很大。南京学堂多，大师名流多，教育水平高。镇江虽然好，但毕竟还是一座小城。韩福坤对南京当然熟悉，他就是在南京参加乡试中举的。他提醒茅谦说："南京城市大，开支大——"

"天无绝人之路。"茅谦洒脱地说，"大不了去扬州多考几次。"

茅家在镇江，日子过得紧巴巴的，但总是在要断粮的时候，有了买柴米油盐的钱。茅谦有一个特别的赚钱的办法。他每月两次，渡江到镇江对面的扬州，参加广陵书院的考试。书院的考试在每月的初一和十五举行，每月初一是书院的老师出题，每月十五的考试由官府出题，考试成绩优秀的会得到奖金。茅谦每次都能得到奖金，考试时写的文章总被远近传阅。茅乃登长大了，也跟着茅谦去考试，场场优秀。

韩福坤实在没办法，急了："茅家祖坟可是在镇江。"

"哈哈，我只搬家，又不迁坟。"茅谦笑着说。

韩福坤找不到反驳茅谦的理由，抱起茅以南放到腿上，又捏捏茅以升的脸蛋，叹了一口气，对女婿说："乃登，你决定吧。"

"我同意。"韩石渠不想让茅乃登为难，抢在前面说。

韩石渠长得很漂亮，眼睛水汪汪的。她的父亲韩福坤，年轻的时候中举，学识渊博，善良正直。她在父亲的指导下，读了很多书，能诗善文，而且胆识、见识过人。她十四岁的时候，韩福坤被诬告坐牢。她写了一封申诉书，有理有据，有情有义，使得真相大白，父亲冤案得到昭雪。

"哼！你愿意！"韩福坤不高兴，瞪了韩石渠一眼。他很了解自己的女儿，猜到她肯定会赞成搬家。

"父亲，'孟母三迁'的故事，我很小的时候，您就讲给我听。"韩石渠撒娇般地说。

韩福坤手指点着韩石渠说:"强词夺理!孟家先是靠近墓地,后来靠近集市,才要搬迁的。岂可同日而语!"

"父亲,您对我说过,重要的不是住哪里,是'迁',往更好的地方迁。"韩石渠开心地说。

"好吧。"韩福坤虽然舍不得,但还是想通了。

经过几个月的准备,十一月一日,茅谦租了一条大船,人货共装,启程去南京。

船路过金山的时候,韩石渠让船靠岸。一家人上岸,沿着台阶向上。

金山屹立在江水里。山上古木参天,鸟鸣婉转,果香扑鼻。

一家人拾级而上,一直爬到山顶。金山宝塔正在重建。江上的秋风,鼓足劲吹上山,吹动着他们的头发和衣服。

天空好像比平时矮了许多,头顶是无边无际的蔚蓝。那种蔚蓝很纯粹,能让人的眼睛都清澈起来。居高临下,长江像宽大的带子,从西向东蜿蜒流淌。江上船帆点点,像一片片漂浮的树叶。江鸥张大翅膀,掠过水面,盘旋着飞上山,又快速滑到江上。

韩石渠紧贴着茅以升的脸,指着东方说:"以南、以升,看——那是镇江,是我们的老家。"

祖父的希望

茅家新居在秦淮河边的钓鱼台。

河边有一棵老槐树,树冠巨大。树下有一个板凳高的台子。这是韩石渠让茅乃登用砖石砌的。她带着茅以南、茅以升在这里写字、读书。

这里是茅谦精心挑选的。秦淮人家,最好的位置就是临水。站在窗口、门口、河边,能看到白亮的河水流过、漂亮的画舫驶过。遇到节日的夜晚,灯笼高挂,焰火穿天,歌乐齐鸣,就像看戏。

茅家离热闹很近,却是闹中取静。最重要的是,他家离夫子庙大成殿、江南贡院都不远。

大成殿和江南贡院,是读书人都要去的地方,去大成殿祭拜孔子,去江南贡院参加乡试。走进去是书生，再走出来就是栋梁。

"以前到南京，要乘船，蹭船票，"茅乃登笑着说，"如今只百步之遥。"

"以南、以升，你们玩一会儿，我们再读书。"韩石渠对茅以南、茅以升说。

茅以升和茅以南坐在小板凳上，玩着一座小木桥。这是秦淮河上的船娘送给茅以升的礼物。小木桥有一个长长的桥孔，桥的栏杆上雕刻着花纹。

茅以南搬来两张凳子，凳子和凳子中间空着。茅以升把小木桥架在空当上，将两张凳子连在一起。

"以升，你长大了，想做什么样的人？"韩石渠问。

茅以升说："做一个骑马打仗的。"

"为什么？"韩石渠问。

茅以升说："可以骑马。"

茅以升说可以骑马，是听了《三国演义》中刘备骑的卢马跨越檀溪的故事。

韩石渠轻轻地摸着茅以升的头。孩子有理想就行，至于理想是什么，倒不必放在心上，毕竟年龄

祖父的希望

还小，但按她的意愿，她希望茅以升将来是一个读书人。她认为，一个国家需要扛枪的，也需要做事的，看各人的情况。把家从镇江搬来南京，就是希望茅以升好好读书。

"祖父，父亲——"茅以南指着远处说。茅以升迎上去。

"哦——"茅谦一愣，笑着走过来，"你们在玩什么啊？"

"弟弟在造桥。"茅以南说。

茅谦蹲下来。到南京一年多，他广泛交友，迅速打开了局面。他最高兴的是认识了到南京任江苏候补知府的谭嗣同。他比谭嗣同大十七岁，但两人一见如故。他们在宣传变法、倡导新学、新办学堂等方面，志趣相投。

"我是准备以死报国的。"谭嗣同去年二月离开南京回老家湖南，临行前对茅谦说。

茅谦听了，既敬佩谭嗣同，又暗自伤神。他年已半百，不及谭嗣同血气方刚。如果早二十年，他也是意气风发。他不甘心，于是在兴办教育上下功夫，目的是启迪民智。

茅谦欣赏着茅以升的桥。他经常给茅以南、茅以升讲逃难到兴化的事。兴化到处是水，走几步就是一座桥。他还画各种各样的桥给他们看。

茅以南没有兴趣，茅以升却喜欢。茅以升把茅谦画的桥一张张收起来，放在抽屉里，有空就拿出来，对着桥发呆。

韩石渠看出茅以升的喜好，有空就抱着他，走在秦淮河边，看高大的武定桥、文德桥，还看一些无名的小桥。茅以升看见棍子、扁担，就把它们搁在两张凳子之间，手指在上面做出走、跳的动作。

茅谦拿起小木桥问茅以升："这是什么桥啊？"

"文——德——桥。"茅以升奶声奶气地说。

茅谦笑着，摇着头说："文德桥可不好，文德桥的栏杆靠不住。"

"文德桥的栏杆——靠不住"是南京的一句俗语。每月的十五、十六，夜晚来临，满月高挂在天空，四面八方的人挤上文德桥赏月，经常把桥上的栏杆挤塌，人像饺子一样掉进河里。

"茅以升，你将来要造最大、最牢固的桥。"茅谦把两张凳子分开，中间好像是一条宽阔的大江。他站起来,感慨地说:"国家要发展,交通要先行,没桥可不行。"

"如果有桥,我和父亲到扬州考试,就不用费那么大的周折了。"茅乃登说。

茅以升跳到两张凳子之间,伸长双臂,好像自己是一座大桥。茅以南根据他手臂的长度,调整凳子。

茅谦弯腰问茅以升:"知道祖父为什么给你取名'茅以升',字'唐臣'吗?"

茅以升摇摇头。

"你出生那天早上,红日喷薄于东方。祖父希望你能够健康成长,希望国家如日之升。"茅谦说。

茅以升点着头。

"知道'唐臣'是什么意思吗?"

茅以升摇摇头。

"唐,就是中国。大唐威仪,四海来朝。你永远是唐的臣子,永远是一个中国人!"茅谦说。

茅以升点点头。

茅以升忽然问:"那——哥哥'茅以南'呢?"

"我们茅家,原来住在河南开封鼓楼。金军攻陷宋朝都城开封,抓走了宋徽宗、宋钦宗,中原百姓纷纷逃到江南。"茅谦一边说,一边在地上画着,"我们茅家就是那个时候南下的。"

茅以升看着地上的线路。

"'国破山河在,城春草木深',国已至此,家何以堪!"茅谦哭了起来。

茅以升慌忙爬起来,帮茅谦擦去眼泪。

"办学!办学!"茅谦对茅乃登、韩石渠说,"办学,让茅以升他们接受教育!"

一家人站在河边。

流淌不息的秦淮河水,好像凝固了。

说我不行我偏要行

今天是正月十六,贾治邦私塾开学。贾治邦私塾在秦淮河边的牛市。茅以升早上是跟茅以南来的。

"噗!"先生吹亮水烟捻子,凑到水烟管上,咕噜噜地吸了几口,又吹灭捻子,摇头晃脑地说,"噗!学而时习之,不亦说乎?"

"学而时习之,不亦说乎?"几个孩子跟着摇晃着脑袋。

茅以升说:"噗!学而时习之,不亦说乎?"

先生睁开眼睛,对茅以升说:"嗯?你再念一遍。"

茅以升站起来说:"噗!学而时习之,不亦

说乎？"

"这个——"先生摸不着头脑,"'噗'从何来？"

茅以升把左手的食指、中指和无名指弯曲,竖起大拇指和小拇指,大拇指对着嘴,做成一个水烟管。他右手像拿着一根水烟捻子,送到嘴边:"噗！学而时习之,不亦说乎？"

"哈哈——咳咳咳咳……"先生笑得连声咳嗽。大家得到放松的机会,站起来手舞足蹈。

先生喘了一口气,说:"此处不要'噗'！学而时习之,不亦说乎？"

茅以升跟着说。他觉得,没有"噗",反而没有意思了。

先生说《论语》,说一遍,茅以升就记得。既然都记得,坐在这里还有什么意思呢？茅以升趁先生不注意,回家去了。

转眼间,两年过去了,茅以升长大了不少。

这天,他把手脚伸进衣袖、裤管,翻身下床,系好腰带,扣好扣子,然后抽出枕头下面的《离骚》,轻轻推开家门。

空气里飘散着粽子的香味。

今天是端午节,家家户户前几天就在准备包粽子。昨天傍晚前包好,连夜放大铁锅里煮。糯米、肉、蛋黄、栗子、豆沙,被新鲜的苇叶包裹着,煮出了非常特别的香味。

煮出的粽子,可以吃好几天。

茅以升穿过街道,绕过几家店铺,走到秦淮河边。十几条漂亮的龙舟,刚好划过去。这些龙舟趁着天没大亮,集中到夫子庙码头。今天下午,秦淮河上会举行盛大的划龙舟大赛。

进入春夏季节,雨水多了,秦淮河河水上涨,河面变宽。清澈的河水被两岸的树木、芦苇夹着,欢快地奔流。哗啦啦!不时有鱼跃出水面,卷起一个漩涡。一眨眼,这个漩涡已经被流水送到了远方。

看着流水飞快地逝去,茅以升想起《离骚》中的"汩余若将不及兮,恐年岁之不吾与",诗里所说的情景和道理,好像就在眼前。

茅以升全身一紧,不敢懈怠,打开手里的《离骚》。

秦淮河边是茅以升读书的地方。他有时候坐在码头上，一坐就是半天；有时候沿着河岸行走，能走出去好远。船帆点点，马车辚辚，叫卖声声，无论面前多么热闹，他都不会分心。他的心思都在书上："关关雎鸠，在河之洲""居高声自远，非是藉秋风""环滁皆山也。其西南诸峰，林壑尤美""君子博学而日参省乎己，则知明而行无过矣"……

今年春节，二叔茅乃封带茅以升去夫子庙，遇到一个熟人。

"哎呀！"这个叔叔围着茅以升绕了一圈，然后扶住茅以升的脸，"哎呀！这孩子相貌不凡！"

"哪里哪里，客气了！他还是个孩子，样样都还不行呢。"茅乃封笑着说。

茅以升听了茅乃封的话，心里不高兴。他喜欢听表扬的话，"样样都还不行"，每一个字都像是一根针，刺痛了他的心。可他又没办法不承认，他确实还是个孩子，将来能不能有出息，谁知道呢？

哼！你说我不行就不行啊？我偏要行！茅以升在心里发誓，要好好读书。

茅以升以前读书，都是躲在墙角、小阁楼，甚至躲在床下、被窝里，用棉花堵着耳朵。耳朵听不到外面的热闹，也听不到家里喊他吃饭的声音。他总是在吃饭的点过了好久，才被家里人找到。

"躲是不行的。"韩石渠挺着肚子说。

"这里面是弟弟还是妹妹啊？"茅以升摸着韩石渠的肚子问。

韩石渠笑着说："我哪里知道！"她继续刚才的话题，"读书就是要扛得住诱惑。"

"我应该怎么做呢？"茅以升问。

韩石渠说："要做到'视而不见，充耳不闻'。"

"那我闭上眼睛，塞起耳朵。"茅以升说。

"闭和塞不是办法。"韩石渠说，"你如果专心了，就不用闭眼睛，塞耳朵了。"

"噢——"茅以升不再躲，而是专找人多、热闹的地方。

人家唱戏，人家舞龙灯，人家玩杂耍，人家娶新娘……茅以升不管人家多热闹，自己坚持专心读书。

一大早，茅以升就对着秦淮河读书。读着读着，人多了，船多了，吆喝声多了，好吃的多了……他好像没看见、没听见、没闻见一样。

"孺子可教!"茅谦对茅以升非常满意,有空就教茅以升学习古文。他教古文有自己的方法,一边用毛笔抄写,一边讲解。

有一天,茅谦教茅以升学习王勃的《滕王阁序》。

茅谦抄一句,读一句,讲一句:"豫章故郡,洪都新府。"

"豫章故郡,洪都新府。"茅以升看一句,读一句,默念一句。

"星分翼轸,地接衡庐。"

"星分翼轸,地接衡庐。"

"襟三江而带五湖,控蛮荆而引瓯越。"

"襟三江而带五湖,控蛮荆而引瓯越。"

……

茅谦用两天时间,教完了王勃的《滕王阁序》。第三天早上,他展开一张张写满蝇头小楷的宣纸,对茅以升说:"以升,来,你好好读一遍。"

茅以升却把身体转过去,背对着宣纸,大声背诵:"豫章故郡,洪都新府。星分翼轸,地接衡庐。

襟三江而带五湖，控蛮荆而引瓯越。物华天宝，龙光射牛斗之墟；人杰地灵，徐孺下陈蕃之榻……"

"啊——"茅谦大吃一惊，"你怎么会背？"

"祖父一边抄，我一边记。"茅以升脸颊红润，眼睛明亮，好像登临滕王阁的是他。

"哈哈哈哈……"茅谦得意地笑着。

茅谦以前教茅以升的都是很短的诗词，茅以升很快就记住了，他并没有特别在意，但《滕王阁序》，不计标点，也有七百七十三个字呢。

茅以升很得意，对祖父说："祖父，我还能背圆周率呢。"

"小数点后面多少位？"茅谦问。

"祖父，我背你数啊——"茅以升清了清喉咙，深吸一口气，"3.141592653589793238462……"

"慢点……慢点慢点，祖父数不过来了。"茅谦说。

"……82148……"茅以升一直背到脸憋得发紫，"憋死我了。"

"你背了多少位啊？"茅谦拍着茅以升的背。

茅以升喘口气说："可能……可能一百零五位吧。"

"太厉害了！"茅谦惊喜地说。

"祖父，我这不算什么，我还没有做什么事。"茅以升说，"祖父是做过大事的。"

茅谦被茅以升的话打动了，两眼顿时模糊起来。他一辈子东奔西走，但报国无门，自以为碌碌无为，没想到在孙子茅以升这里得到了认可。

"祖父老了，茅家要靠以升，国家要靠以升。"茅谦抱住茅以升说，"长江后浪推前浪！"

成为"新学生"

天气很冷，茅谦和茅以南还是赶出了一身汗。不是路远，也不是路难走，是茅以升走得太快了。

"快点啊！"茅以升总是跑到前面，然后转身向茅谦和茅以南招手。他见茅谦和茅以南没跟上来，又折回去，拉着茅以南的手，或者从后面推茅谦。他拉了几下，推了一会儿，又快步跑到前面去。

茅谦和茅以南担心茅以升走丢了、摔伤了，只得加快步伐，跑得气喘吁吁，满头大汗。

"在这里！"茅以升跑到中正街的庐江试馆，念着门框边的招牌说，"思益小学。"

"世伯，早啊！"柳诒徵从门里跑出来，对着茅谦鞠躬。这个人精瘦，鼻子上架着一副黑色圆框眼镜。他嗓门儿很大，带着镇江口音。

茅以升打量着柳诒徵：奇怪，这么瘦的人，怎么会有大钟一样的声音？

"茅以南、茅以升，随我拜见先生。"茅谦说。

"哎呀！使不得，使不得！"柳诒徵慌忙拉茅谦，但茅谦已经鞠躬，茅以南和茅以升一边一个，跪下来磕头。

"世伯啊，折煞我也！"柳诒徵对着茅谦一躬到底。

"尊敬师长，应该应该！"茅谦说。

茅谦非常赏识柳诒徵的人品和才能，劝他到南京发展，并帮他在南京江楚编译局找到工作，又和大家凑钱支持他办新学。

思益小学是南京最早的新式学校。

今天，思益小学开学，茅谦把茅以南和茅以升送来了。

"哈哈，新学不讲旧俗。"陈三立走了出来。

陈三立是庐江试馆的主人。他是陈宝箴的儿子，"维新四公子"之一。他学识渊博，但不想求功名。陈宝箴逼他参加科举考试，他不愿意写八股文，便写了一篇散文交差。考官把答卷扔到一边，没想到，答卷被主考官陈宝琛看到了。

陈宝琛是非常有名的大学者，当过内阁学士、礼部侍郎，还做过宣统皇帝溥仪的老师。他受朝廷委派，主持江西的乡试。在他看来，陈三立的文章虽然文体不符合要求，但才情万丈、见识卓著，非一般人所能比，破格录取陈三立为举人。

陈三立后来走上仕途，但总是心不在焉。陈宝箴任湖南巡抚期间，陈三立和谭嗣同到长沙协助推行新政。戊戌变法失败后，谭嗣同被害，陈三立和陈宝箴被罢官。一九〇〇年，陈宝箴去世，四十七岁的陈三立带着儿子陈寅恪搬到南京，专心写诗。

茅谦和谭嗣同是好朋友，谭嗣同和陈三立是好朋友，因此，茅谦和陈三立的关系也非同一般。陈三立听说茅谦支持柳诒徵办新学，没有经费，选址困难，说："就办在庐江试馆。"

"思益小学"的校牌，挂到庐江试馆的门口。

新学与旧学有着本质的区别。

旧学是私塾，学生上学唯一的目的是参加科举考试，要把八股文写好。学生不听话，先生可以骂，可以打，这叫"上规矩"。大家相信，先生严厉，学生才会听话，懂道理。

新学是学校，既要读圣贤书，也要学习新知识，全面发展。学校要按课程表上课，除了读书、写文章，还要学算术、上体育课。学生不听话，先生不能打，只能讲道理。

大家觉得，新学既要学算术，还要上体育课，写毛笔字的时间就少了。没有一手好字，将来无论做官、做生意，还是当师爷，都不行。如果讲道理都管用，那怎么还有强盗、歹徒呢？还有，朝廷鼓励办新学校，但科举制度没有废除，在新学学过，还是要参加科举考试，又必须学旧学；而且，新学按时上课、放学，学生回家了没人管，不像私塾，老师没有下课的时间概念。

所以，新学办了，一开始招不到学生。

"新学是趋势！"茅谦说。他为了支持新学，把茅以南和茅以升送到思益小学。

思益小学的学生渐渐多了。

思益小学虽然是小学，但老师都是名师。

校长陶逊,镇江人。他出身望族,文才出众,广泛邀请思想进步的名师到学校上课。他后来追随孙中山去广州,任护法国会参议员。

国文和历史教师柳诒徵,镇江人。他十岁就读完了《诗经》《尚书》《周易》,十二岁开始读《左传》《礼记》,十七岁考中秀才。他在思益小学任教,后来去两江师范学堂、南京高等师范学校、国立东南大学、清华大学任教,史学成就被认为能和著名史学家梁启超相提并论。他还是著名书法家。

国文教师梁公约,扬州人。他是著名诗人,也是著名画家,后来参与创建南京最早的艺术学校——南京美术专门学校。

文人喜欢手拿折扇。如果能请到梁公约在折扇上画画,柳诒徵在折扇上题字,那是非常大的荣幸。

茅谦、茅乃登也时常到学校讲课。

"今天讲《诗经》。"柳诒徵说。

茅以升看到柳诒徵一手背在身后,一手捋着胡须,声音洪亮,目光四射。先生好像就是为讲课而生,平时并不起眼,但一上讲台,立即像换了一个人，如同一只出土的蝉，褪掉铠甲一样厚重的壳，轻盈地飞上树梢，然后嘹亮地歌唱。

"诗三百，分风、雅、颂。为何风为先？"柳诒徵停下来，看着大家。他并不要求大家回答，接着说："风，是采诗官征集来的各地的诗歌。天子不可能亲临天下，但可以凭这些诗歌了解各地的情况。"

茅以升双手撑着下巴，盯着柳诒徵，眼睛一眨不眨。他喜欢听这样的课。

"一百多年后，孟夫子说'民为贵，社稷次之，君为轻'。'民为贵'，这就是解释。"柳诒徵说。

"哦——"茅以升不禁应了一声，好像听懂了。

柳诒徵的目光落在茅以升身上。他微微笑着，对最矮小的茅以升说："茅以升，你来背诵《诗经》的第一篇。"

大家一惊。柳诒徵跳过了"你们知道《诗经》第一篇是什么吗""你们会背《诗经》第一篇吗"这两个关键问题，直接让背《诗经》第一篇。很多人并不知道《诗经》第一篇是什么，即使知道也不会背，何况还有人没有接触过《诗经》。

"呃——"茅以升慢慢站起来。

"知道《诗经》第一篇是什么吗?"柳诒徵问。

"报告先生,"茅以升说,"以升知道,《关雎》。"

"哦!"柳诒徵很满意,笑着说,"请——"

"关关雎鸠,在河之洲。窈窕淑女,君子好逑……"茅以升脱口而出。

"知道什么意思吗?"柳诒徵问。

茅以升说:"河里有一座美丽的小岛,小岛上有一只唱歌的水鸟。有一个姐姐很好看,有一个哥哥很喜欢……"

"哈哈哈哈……好!"柳诒徵笑得眼镜从鼻梁上滑落,"那你说,孔夫子为什么把这一篇放在'风'的最前面?"

"以升不知道。"茅以升看着柳诒徵说。

"水里的小岛上,有水鸟在唱歌,说明什么?"柳诒徵问。

茅以升迟疑地说:"回先生——这里没人——吃鸟。"

"怎么讲?"柳诒徵问。

茅以升说:"如果有人吃鸟,就没有水鸟唱歌了。"

"那说明什么呢?"柳诒徵很高兴,进一步问。

茅以升说:"说明大家有吃的。"

"哈哈哈……"大家笑了起来。

"秦淮河里的水鸟、野鸭,经常被人打了吃。"茅以升看着大家说。

教室里顿时安静下来。

"那些打鸟的人,不是坏人,是穷人。"茅以升说。

教室里的气氛有些沉重了。

柳诒徵走到茅以升身边,手放在他的头上,满意地轻抚着。

大家看着柳诒徵,等着他讲课。

"这是古人心中的理想社会。河里水鸟放心唱歌,青年男女自由来往。"柳诒徵的眼睛里闪耀着兴奋的光亮。"如果战火纷飞,国破家亡,鸟成盘中餐,男子上战场……"他长叹一声,两眼的光亮像快要耗尽的烛火,"曹孟德诗云:'白骨露於野,千里无鸡鸣。'"

教室里鸦雀无声。

"当今世界正是如此,风雨飘摇,民不聊生。"柳诒徵背靠着讲台,神情黯然,像大病了一场。

走到哪儿拆到哪儿

"知了——知了——知了——"有一只知了,隐在梧桐树叶间不停地叫。

"知了怎么会叫呢?"曹天潢问。

"知了不是叫,是在吹。"刘建虎回答。

"二猴,你上去把知了抓下来,看看它究竟是怎么叫的。"陈锦纶对茅以升说。

"二猴"是茅以升刚有的绰号。

茅以升特别喜欢爬高。树上有鸟窝,他捉了虫子送上去。猫在房顶吃从食堂偷来的鱼,他爬上房把鱼抢了回来。春天,他把一个鸡蛋放在白头翁的窝里,粗心的白头翁孵出了一只小鸡。因为灵活得像小猴子,又因为排行老二,大家就喊他"二猴",

有什么需要爬高的事,都是让他做。

"知了——知了——"知了还在叫着。

茅以升双手扒着树,双腿蹬着树,一耸一耸地向上爬。爬了一半,知了不叫了。他继续向上,坐在斜出的树枝上。

"知了——知了——"树上传来茅以升学知了的叫声。他摇晃着树枝说:"居高声自远,非是藉秋风。"

"茅以升,快下来!"梁公约在树下喊。

茅以升突然不说话了,躲在树叶后面。

"快下来!"梁公约仰着头对着树上说,"自鸣钟不晃了。"

嗖!茅以升从树上滑下来:"我来我来!"

不久前,茅以升迷上了拆东西,拆留声机,拆汽灯,拆风箱,看见什么拆什么。拆了一桌子、一地、一床,但没办法恢复原样。他还拆了墙上两块砖,头伸进去看里面是什么样子的。他碰了一鼻子灰,说:"里面黑乎乎的。"

家人被茅以升拆怕了,把能拆的都藏起来。

"以南,看见以升拆什么,马上抢下来啊。"

茅乃登对茅以南说。韩石渠刚生了弟弟茅以新,没时间管茅以升,就让茅以南盯着:"不然,我们家房子也会被他拆了。"

"噢。"茅以南说。

茅以升走到哪里,茅以南的眼睛就盯到哪里。有一天,他搬一张板凳,吓得茅以南抓住板凳的一端,压在地上,再坐上去:"啊?这个你也要拆?"

家里没东西可以拆,茅以升就到学校拆。

堂屋里有一尊自鸣钟,半人高,像一座碑。

钟的上部是一个白底圆形钟面,有罗马数字,有时针、分针、秒针。三根针,各走各的。秒针最快,滴溜溜转一圈,分针走一格,时针几乎不动。分针转一圈,时针才走一格。

钟的下部垂着一个钟摆。钟摆整天咔嗒咔嗒有节奏地荡着,到整点就敲响:"当!"一点一下,两点两下,三点三下,十二点十二下。

"想不想知道这钟为什么能走字,能晃,能响?"茅以升趁老师中午休息,指着自鸣钟说。

曹天潢说:"想!"

"现在，我就把这个拆了。"茅以升受到鼓舞，兴奋地说。

"好！"陈锦纶说着，喊刘建虎、王明阳搬自鸣钟。

"啊？不行，"茅以南站到自鸣钟前面拦着，"这个太大了，赔不起。"

"我保证不要赔。"茅以升说，"我先把自鸣钟画下来再拆。拆一个，记一个。拆完了，我再一步一步往上装。"

茅以南一听，笑着说："太好了。"

大家把自鸣钟搬到屋子中间，蹲着，趴着，看茅以升拆钟。茅以升先画再拆，拆一个零件，标好位置，按顺序摆好。

钟的外壳打开，里面的东西不仅可以看到，也能摸到。一个铜做的圆饼，被一根细铁索吊着，不慌不忙地荡来荡去。

茅以升抓住铜圆饼。铜圆饼好像要从他手心挣脱出去，但到底抗不过手劲，停下来。他说："你们都试试。"

大家轮着握铜圆饼。

走到哪儿拆到哪儿

"它是活的啊！"曹天潢说。

手松开，铜圆饼又荡起来了。

钟面上有三根针。茅以升抓住跑得最快的秒针。秒针在他手心里一跳一跳的，想走，但被扣住了。他放开秒针，右手食指放在时针上，向下一划，本来在上面的时针，一下子到了最下面。

大家轮流去拨三根针，让针转圈圈。

"差不多了。"茅以升说。

"哎呀！"茅以南说，"钟面上是几点呢？"

"我记下来了。"茅以升得意地说，"时针在这里，分针在这里，秒针在这里。"

很快，自鸣钟复原了。

同学们用佩服的目光看着茅以升。

茅以南也觉得有面子。他问茅以升："怎么想到记记号、按顺序这个办法的？"

"母亲对我说的。"茅以升告诉茅以南。

先生们午睡，都是听到自鸣钟敲两下起床。今天的时间好像格外长。他们躺着，等钟响。钟响了，爬起来看自鸣钟，确实是两点，但他们感觉今天的两点与平时的两点不一样，太阳偏西了一些。

柳诒徵发现了问题。他掏出怀表,看看表盘说:"不对啊,现在已经过了三点。"他指着钟面说,"慢了一个多小时了。"

钟坏了?先生们来不及多想,赶紧上课。

茅以升和同学们偷偷做了一个鬼脸,把秘密藏在心里上课。

怎么回事呢?茅以升想。他忽然明白,拆钟的时候记下了时间,等到把钟装好,已经过了很长时间。他想起韩石渠曾经给他讲的《刻舟求剑》的故事。

放学的时候,茅以升找柳诒徵坦白。他觉得,学生撒谎是不对的。

"茅以升,给你一个特权。你只要能装回去,什么都能拆。"柳诒徵严肃地说。

茅以升放学后,把自鸣钟又拆了一次,还按柳诒徵怀表上的时间,把秒针、分针和时针的位置放对。

晚上回到家,茅以南说了茅以升拆自鸣钟的事。茅乃登听说茅以升在学校有特权,也给了他在家的特权。

走到哪儿拆到哪儿

"不仅要能拆、能装,"韩石渠一边给茅以新喂奶,一边说,"还要能知道构造、原理,还要能修。"

学校里,梁公约带茅以升和同学们来到堂屋。

自鸣钟稳稳地立着,气度不凡,但铜圆饼荡荡停停,有气无力,像一个上了岁数的老人。

"我来看看。"茅以升拆开,这里摸摸,那里摸摸。他摸到一颗螺丝松了,大拇指和食指用力拧紧,然后看铜圆饼。

"咔嗒……咔嗒……"铜圆饼再次有力地荡着。

"好啊!"大家一起鼓掌。

吃晚饭的时候,茅谦来了。他兴致勃勃地说:"我听说了。好!工欲善其事,必先利其器。"他给茅以升一个工具箱,里面有钳子、螺丝刀等各种工具。

韩石渠抱着茅以新说:"祖父把茅以升宠坏了。"

"孩子有好奇心,"茅谦笑着说,"要尊重,要鼓励,还要帮助。"

"以升,把灯吹灭。"茅谦说。

屋里一下黑了。

茅谦拿出火镰打亮，大家看见，桌上多了一盏走马灯。

走马灯里面有一个能转动的小轮子，小轮子四周粘了许多彩色的纸人、纸马，小轮子下面有蜡烛。茅谦把蜡烛点着，小轮子就会转动。纸人、纸马的影子射到墙上，就能看到转动的人和马。

"好玩吗？"茅谦问茅以升。

"好玩。"茅以升的脸贴着走马灯，恨不得钻到灯里去。

吃过晚饭，茅以升用茅谦给他的工具把走马灯拆了。从中心到四周，小轮子有许多叶片，蜡烛燃烧的热气熏到叶片上，小轮子就会被带动。他仔细观察蜡烛、叶片和小轮子的关系。他又找来几支蜡烛，放在走马灯里点燃。火苗热烈地向上升腾，纸人、纸马转动得更快了。

"祖父，如果点一盏油灯呢？"茅以升问茅谦。没等茅谦回答，他又问："如果点一个草堆呢？"

茅谦愣了一下，做出恐怖的表情说："那会把叶片烧掉，走马灯也会被烧掉了。"

"如果点油灯、点草堆,走马灯肯定要大啊——像房子一样大。"茅以升拿起小饭碗说,"如果我是一匹马,那我吃饭就得用大大的食槽。"

"对啊!"茅谦赞赏地说,"这里面有一个比例问题。"

建造一座彩虹桥

没地方去,就去秦淮河。

秦淮河可热闹了。

水里是男人们的天下。有的游泳,像无所顾忌的大鱼;有的潜水,一个猛子扎下去,过了好久才钻出水面,时间久得让人担心;有的浮水,像从远方漂来一个布袋。

如果有小船驶过,河里的人一起扑腾,激起波浪,想把小船掀翻。划船的都是高手,驾着小船,在波浪中找到一条水路,灵活穿行,很快就突围出去。画舫经过的时候,大家会从两个侧面围上去,想爬上甲板。撑船的笑骂着,用篙和桨击打着,使水里的人搭不上船舷,然后像一座宫殿,庄严地开走了。

女孩子也在水里。她们时常想游起来,她们的母亲就用绳子拴住她们的腰,鼓励她们游,发现不对劲了,赶紧拉绳子,把她们拉回来。

文德桥在不远处的秦淮河上,夫子庙泮池西边,连接贡院街和大石坝街,靠着乌衣巷。每年农历十一月十五日,皓月当空,水中的月亮被分为东西两边。传说,李白喝醉了酒,走上文德桥,醉眼蒙眬,以为月亮掉进水里,一头栽下去捞,再也没有上岸。

日子过得再艰难,但到了节日,韩石渠总要让大家一饱口福。

韩石渠过日子精打细算。天冷的时候,经常靠船娘;天热的时候,经常去农家。托船娘买比在街市买便宜,去农家买比托船娘买更便宜。

比如青菜,在夫子庙买,不仅贵,还不新鲜。托船娘买,新鲜,但贵了一些。到农村去,可以直接在菜地买,想买什么买什么。去的次数多了,和人家熟了,人家会让秤翘得高高的,临走再送一把葱、一块姜。

晚饭在院子里吃。茅乃登搬桌子，茅以南搬凳子。

茅以升抱着弟弟茅以新，坐在门槛上看天。天没完全黑，乌蓝的天幕上，有了一颗星星。一眨眼，又多了几颗。

茅以升用鼻子嗅着，扭过头问茅以南："怎么那么香啊？"

韩石渠从屋里拎出一个篮子，里面是煮熟的粽子："今天巧了，有一户农家上梁，吉时到了，写字的先生没到，我帮写了几副对联。这是给我的酬谢。"

"呵呵，还是要多读书。"茅乃登对着茅以南、茅以升开玩笑说，"书中自有黄金屋，也有粽子。"

"快吃。"茅以升说，"一会儿要去文德桥看龙舟比赛。"

已经是晚上了，院子里却比刚才还亮了一些，乌蓝的天空有些发白。月亮从东方升起了。微风习习，树叶像闪光的鳞片。蝈蝈躲在篱笆墙里，嘹亮地叫着。

曹天潢、刘建虎、王明阳、陈锦纶在院门外站成一排。他们和茅以南、茅以升约好,晚上在文德桥看龙舟比赛。

"茅以南、茅以升。"曹天潢在院门外喊。

茅以升对韩石渠说:"我们带弟弟去。"

"你和以南管好自己,"茅乃登说,"我和你母亲带以新。"

大家准备出门。

"哎哟!"茅以升捂住肚子,弯下腰。

茅以南问:"怎么了?"

"没事。"茅以升站起来,走了两步,蹲下来,一手捂住肚子,一手撑地,"哎哟!肚子疼。"

茅以南去扶茅以升,茅以升浑身发抖。

"啊?我去请陈医生。"茅以南站起来向院子外面跑,曹天潢、刘建虎、王明阳、陈锦纶也拔腿跟了出去。

茅乃登把几张凳子拼起来,让茅以升躺下。茅以升蜷缩着,紧闭双眼,咬住嘴唇,不让嘴里发出声音。

韩石渠摸了摸茅以升的额头,额头上都是冷汗,帮他按摩着肚子:"不怕啊。医生马上就到。"

院外传来一阵杂乱的脚步声，茅以南、曹天潢、刘建虎、王明阳冲进来，后面跟着一个拎着小箱子的白胡子老人。

大家认识，老人是回春诊所的郎中陈先生。他医术高明，医德高尚，大家有病都找他。

陈医生先低头看了看茅以升，然后坐在茅以南递过来的小板凳上。他捋了一把胡子，拉着茅以升的左手搭脉，很快就笑着说："好了，好好躺着。"他从包里拿出一个小纸包给韩石渠，"煮一碗姜汤。这个倒进去。"

"先生，我还要去看龙舟比赛呢。"茅以升坐起来。

陈先生把茅以升慢慢放倒："你不能去了。"

"那……我们也不去了。"陈锦纶说。

"那怎么行！"茅以升急得要坐起来。

大家商量，韩石渠留下来，其余的都去看龙舟比赛。

韩石渠让茅以升躺好，给他的肚子上盖了一件衣服，然后去熬姜汤。茅以升看着树枝上方的天空，他想象着秦淮河上的龙舟，迷迷糊糊睡着了。

"哎呀！"茅以南像落汤鸡一样回来了，"哎呀！文德桥断了。"

茅以升被茅以南的话惊醒了。

"怎么了？掉水里了？"韩石渠担心地问。她端着姜汤，吹着上面的热气。

"文德桥垮了！"茅以南说，"桥上的人都掉进水里了。"

"曹天潢他们呢？"茅以升问。

茅以南回里屋换衣服，说："都掉进水里，又都被捞上来了。陈锦纶呛水，救活了。"

"有人没救上来吗？"韩石渠问。

茅乃登抱着茅以新回来了："已经死了四个，有一个是茅以南班上的钟永仕。天黑，不知道还有没有人被水冲走。"

"桥怎么会垮呢？"茅以升自言自语。

"人太多，桥不结实，"茅乃登说，"先是栏杆垮了，再就是桥断了。"

茅以升默不作声。如果有一座挤不塌的桥，那该有多好啊！他的眼前，出现了一座彩虹似的桥。

建造一座彩虹桥

学无止境

扑通！茅以升对着韩石渠跪下来，头重重地磕在地上，然后爬起来走向门外，头也不回。

不回头，是几天前就约好了的。

"以升，你一直走，不要回头。"韩石渠说。

"我不回头，"茅以升拉着韩石渠的手说，"一回头，就走不了了。"

"好！大丈夫志在四方。母亲等你衣锦还乡。"韩石渠擦去茅以升脸上的泪水。

茅以升仰头看着韩石渠的脸。韩石渠脸上的皮肤像干瘪的橘子皮，眼睛陷在伤疤里，像两粒绿豆。她原先脸上皮肤光洁，有一双杏仁大的眼睛。

大前年冬天的一个晚上，韩石渠在灯下做针线活儿，太困，打翻了油灯也不知道。油灯烧着了被子，也把她烧伤了。性子刚烈的她不想让大家看见一张丑陋的脸，几次想要寻短见，都被茅乃登和茅以南、茅以升发现了。

"母亲，你死都不怕，还怕不好看啊？"茅以升说。

"再说，谁都知道母亲好看，"茅以升又说，"只不过被烧伤了。"

他接着又说："大难不死，必有后福！"

"这个后福，就看以升的了！"韩石渠说。

江南中等商业学校增设了高等预科，改名"江南高中两等商业学堂"。茅以升进高等预科学习，一九一一年夏天毕业。这两年，茅以升总在做人生规划。

一九〇八年，慈禧太后和光绪皇帝在北京死去，清王朝下令全国举丧。学校命令各班学生去祭堂"举哀"。茅以升非常气愤，当众把辫子剪掉。学校为了对官府交差，给茅以升、裴荣两名学生记大过一次。清王朝岌岌可危，官府自身难保，没有再追究学校和茅以升，但这件事对茅以升触动很大，毕竟被处分了，他闷闷不乐。他本来就要强，何况他觉得并没有做错什么。

"这点挫折算什么？茅以升你是要做大事的。"韩石渠开导茅以升。

茅以升说："我被处分了。"

"被清政府处分，不丢人。"韩石渠说。

茅以升的心情渐渐平和下来。

茅以升想出国留学。

从十九世纪七十年代起，清政府因为办"洋务"的需要，开始成批派学生出国留学。一八七二年八月十一日，第一批留学生梁敦彦、詹天佑等三十人，从上海启程，前往美国留学。朝廷总共派出了四批。后来，朝廷担心被"全盘西化"，要全部撤回留美学生。有些留学生不肯回来，有些留学生回来了，又出去了。

留学渐渐成了热潮。官派的，自费的，一批批学生去欧洲，去美国，去日本，接受科学思想，学习先进技术。

其实，茅以升不知道外国在哪里。他听出国回来的人说，他们都长了见识。这深深打动了他。

让茅以升下决心出国的是陈寅恪。

陈寅恪是陈三立的三儿子，比茅以升大六岁。茅以升进思益小学读书的前一年，陈寅恪去了日本。一九〇五年，陈寅恪生病回国，茅以升见到了他。陈寅恪戴着有厚厚镜片的眼镜，虽然其貌不扬，但目光如炬，才华横溢。

"师夷制夷！"陈寅恪对茅以升说。

茅以升知道，陈寅恪的这句话，是大学问家魏源说的。魏源提出"师夷长技以制夷"的主张，认为中国不能盲目自大，应该学习西方的先进之处，通过"师夷"去"制夷"。

"我不仅要去日本，还要去西方诸国。"陈寅恪说。

茅以升脱口而出："我也要去！"

"好啊！"陈寅恪看着瘦弱的茅以升，昂起头，脸对着太阳高声说：

故今日之责任，不在他人，而全在我少年。少年智则国智，少年富则国富，少年强则国强，少年独立则国独立，少年自由则国自由，少年进步则国进步，少年胜于欧洲则国胜于欧洲，少年雄于地球则国雄于地球。

这是梁启超先生的《少年中国说》，茅以升早就会背诵了。只要诵读到里面的句子，他就会热血沸腾。他情不自禁跟上陈寅恪的节奏：

红日初升，其道大光。河出伏流，一泻汪洋。潜龙腾渊，鳞爪飞扬。乳虎啸谷，百兽震惶。鹰隼试翼，风尘吸张。奇花初胎，矞矞皇皇。干将发硎，有作其芒。天戴其苍，地履其黄。纵有千古，横有八荒。前途似海，来日方长。

美哉，我少年中国，与天不老！壮哉，我中国少年，与国无疆！

陈寅恪和茅以升诵读完毕，都满脸通红。

陈寅恪后来在上海复旦公学（复旦大学的前身）读书，后来又去了德国。

"我要出国留学。"茅以升对韩石渠说。

韩石渠心里一惊。茅以升年龄还小，才十五

岁。她希望茅以升不是心血来潮，试探着说："泱泱华夏，不够茅以升学的？只要取一瓢饮，就够你享用一辈子。"

"学无止境，西学中用。"茅以升说。

韩石渠很满意茅以升的回答，提醒说："出国先要上预科——"

"嗯。我打听到了，北京的清华学校招考留学美国的预备生。"茅以升说。

"你才十五岁。"韩石渠看着清瘦的茅以升说。

茅以升说："学习要趁早。我和裴荣结伴。"

"好！"韩石渠知道茅以升下定了决心，一口答应。

茅谦带着茅乃登在外面谋生，家里凡事都由韩石渠做主。

茅以升知道韩石渠会答应他。母亲总是在他最需要的时候，站在他的身边。

"但是……"茅以升说。

韩石渠问："怎么？"

"只是……"茅以升知道，出国需要一笔很大的费用，家里积蓄不多，"母亲要给我准备路费了。"

韩石渠说:"以升放心!母亲会想办法。"

"我一定要考上。"茅以升挺着胸脯说。

"考不上也没关系,就当去北京见了世面。"韩石渠说,"以后有的是机会再考。"

出发的日子临近了。

茅谦和茅乃登从南京城外的江宁赶回来。

天还没亮。

"嘚儿……嘚儿……嘚儿……"马蹄踏在石板路上,声音由远而近。

一辆马车停在门口。

车夫把茅以升的柳藤行李箱放到马车后面。

"嘚儿——驾!"车夫一声吆喝,马车缓缓移动。

茅以升忍不住偷偷侧过脸,看着车下。他看到茅谦仰着脸,挥着手,韩石渠站在门洞的阴影里。他的眼泪夺眶而出。

"嘚儿……嘚儿……嘚儿……"马车越来越快。

车到南京下关码头,天刚蒙蒙亮。

裴荣家的马车也到了。

茅以升和裴荣一人拎着一个柳藤行李箱,过了检票口,留给家人有说有笑的背影,好像对前程充满信心。其实他们都是第一次出远门,心里一点儿底都没有,眼泪止不住地流,眼前迷迷糊糊。但是,既然出来了,就不要回头,开弓没有回头箭。

"走!"茅以升说。

呜——呜——客船鸣笛起锚,离开码头,缓缓驶向主航道。

太阳升起来了,天空明亮。万道光辉洒在江面上,铺成了一条金色的道路。江鸥在呼啦啦的风中翻飞,发出清脆的鸣叫声。它们不时直插水面,叼起一条小鱼,又嗖地直射向高空。

阴差阳错的求学路

唐山路矿学堂（现西南交通大学）的大门口是一道斜坡。斜坡的边上有一片树林，停着几辆等着送货带人的马车。斜坡的下面有一条河。河床很宽，中间一道清亮的激流，蜿蜒着汩汩游过。

茅以升和裴荣看到河水，顾不上拿行李，滚下车，冲进长着杂草的河床，甩掉鞋子，脱掉小褂，直接跳进激流中。他们把水捧进嘴里，一口一口又一口，再撩水洗头，擦身子。

北方夏天热得干爽，烧得满脸疼痛，呼吸让气管发烫。撩起的水，简直能在皮肤上发出哧哧的声音。

茅以升和裴荣喝足了，擦干头发和身子，穿上小褂和鞋子,走到斜坡下。

有一个人走出唐山路矿学堂,他的年纪和茅以升、裴荣不相上下。

"在下杨杏佛。敢问二位是报名的?"

"是的。"茅以升点点头。

杨杏佛说:"快!一会儿报名就截止了。"

茅以升和裴荣踏上唐山路矿学堂大门前的斜坡。走到最上面,两个人回头看,顿时有种登高望远的感觉。

北方的大地敞露在火辣辣的阳光下。一些农田空着,一些农田长着玉米。玉米地组成一个个方阵,叶片闪闪发亮,像水面上的粼粼波光。宽阔的黄泥路伸向平原深处,穿过玉米地,中途分岔,向左向右。路边矗立着三三两两的白杨树,像一个个挺立的将士。更远的地方,青黑色的地平线隆起,形成粗粝的山峰轮廓。

"嗷——"茅以升和裴荣心里顿时涌出一股豪气,路上的疲惫一扫而空。

茅以升和裴荣这一趟很不容易。从南京下关坐船到上海码头,随即改换从海上走的轮船去天津。

一到天津码头，立即换乘火车到北京。票都是茅谦托人买好的，一站接着一站，一点儿都没耽搁。他们下车，把行李存在旅馆，急急忙忙去清华学校。

清华学校的大门开着。看门师傅在大门里，摇着芭蕉扇，坐在椅子上看书。他指指墙上说："怎么才来啊？"

茅以升和裴荣顺着看门师傅的手指，看到墙上贴着一份《清华学堂留美预备生榜单》。

"啊？"茅以升和裴荣的嘴巴张得像小碗。他们对考不上都有心理准备，唯独没想到过了考试日期。他们如火的满腔激情，被一场突如其来的暴雨浇灭了。两个人泄了气，腿发软，腰杆子像被打断了，个子都没有平常那样高了。

"先生，"茅以升不甘心，对着门里的看门师傅再鞠一躬，"我们从南京来的——"

"呵呵，好远啊。难怪——"看门师傅说着站起来，把书和芭蕉扇放在椅子上，"光绪二十六年，我在江南贡院考试……"

"晚辈光绪二十二年才出生。"茅以升双手抱拳举过头顶说。

"错过了考试，我无能为力啊。"看门师傅好像知道茅以升要说什么，"你们远道而来，我送你们一个消息。"

茅以升作揖说："请先生赐教。"

"唐山路矿学堂也招预科生。你们去，兴许还来得及。"看门师傅说。

"走！"茅以升和裴荣不约而同地脱口而出。他们转身疾奔，跑进等客的马车。他们坐火车到天津，再搭运矿的火车到唐山。

茅以升和裴荣出了唐山站，租马车去往唐山路矿学堂。

唐山路矿学堂的前身是山海关北洋铁路官学堂，创建于一八九六年，后改名唐山路矿学堂，一九〇六年开始面向全国招生。

茅以升和裴荣报上了名。唐山路矿学堂负责报名的老师说，再晚一个时辰，报名就截止了。

茅以升和裴荣在离唐山路矿学堂不远的旅店住下来。两个人洗了热水澡，换了干净衣服，就到了晚上。

"家里还不知道呢。"裴荣说。

"出来一趟多不容易,"茅以升说,"我们总不能空着手回去。"他翻身问裴荣,"怎么,你担心回家被骂啊?"

"你不担心,我自然不担心。"裴荣笑着说。

茅以升说:"反正都是考预科,只不过是在哪里上而已。"

"对,在哪里上不重要。读预科,迟早还是要出国。"裴荣说。

"你去哪里?"茅以升问。

裴荣说:"哈哈!你去哪里,我就去哪里;或者,我去哪里,你就去哪里。"

"志同道合。"茅以升郑重地伸出手,和裴荣的手握在一起。

第二天考试。上午考到了《诗经》《论语》《战国策》《过秦论》《谏太宗十思疏》《四书章句集注》,还要写一篇策论《师夷长技以制夷论》。文章他都读过,大多数能背,也思考过"师夷长技以制夷"。下午考数学与物理。这是他在商业学堂就特别喜欢的两门功课,没有遇到"拦路虎"。

"你早就答好题了,为什么不交卷呢?"监考老师问。

"报告先生：第一，我不想给其他同学压力，"茅以升站直身体回答，"第二，我要把考试时间用足，认真检查答题。"

"孺子可教！"监考老师对其他老师说。

"怎么样？"茅以升问裴荣。

裴荣笑着说："近朱者赤，近墨者黑，也不看看我和谁是同学。"

第二天下午，茅以升和裴荣坐在旅店廊下的青石板上。茅以升读严复翻译的《天演论》，裴荣读《孙子兵法》。天很热，他们不停地打井水，将湿了的毛巾顶在头上。

"茅以升同学在吗？"门口有人问。

茅以升和裴荣翻身站起来。

门外进来两个人，一个年长的像先生，一个年轻的像学生。

先生说："我是唐山路矿学堂的老师罗忠忱。"

学生说："我是黄寿恒，一九〇九年入学。"

"敢问谁是茅以升？"罗忠忱问。

"茅以升，字唐臣。"茅以升一挺腰，头上的毛巾滑落了一半，挡着右边的眼睛。

"呵呵……"罗忠忱把茅以升的毛巾放好，拿起青石板上的《天演论》，"你看的？"

茅以升回答："是的。看第二遍。"

"那我考考你，"罗忠忱说，"《天演论》的要义，请一言以蔽之。"

"物竞天择，适者生存。"茅以升回答。

罗忠忱和黄寿恒点点头。

唐山路矿学堂批阅试卷，发现一个叫茅以升的人，两份试卷都是满分，就连策论也没有扣分。这在学堂的历史上还是第一次。

"天赋异禀者，古已有之，今亦应有之。"学校指派罗忠忱和黄寿恒到茅以升住的旅店去，"马上录取。"

罗忠忱把录取通知书给茅以升。

"不是后天才放榜吗？"茅以升问。

罗忠忱说："你排首位，又遥遥领先，学校让我们来邀请你。"

"那——他呢？"茅以升指着裴荣问。

"想必这位是裴荣同学？"罗忠忱说，"也录取了，排名第八。"

"杨杏佛呢？"茅以升问。

罗忠忱说："排名第三，录取！"

"哎呀！二位公子高中啦！蓬荜生辉！"旅店老板在一旁听到了，喜滋滋地呼叫起来，"快！快准备炮仗！"

唐山路矿学堂原先有路、矿两科，路科主攻修铁路，矿科主攻开矿，但今年只招土木工程一科。

茅以升喜欢数学、物理，也想成为大学问家，志向不是理科就是文科，没想过读土木工程专业，也不知道土木工程专业将来能干什么。

"造桥！"罗忠忱告诉茅以升和裴荣。

茅以升一愣，忽然想到秦淮河上文德桥的坍塌。建造一座彩虹似的桥，是他童年的梦想。这是巧合，还是命运的安排？

"我愿意！"茅以升响亮地说。

轰——啪！轰——啪！轰——啪！炎热而静谧的下午，炮仗接二连三蹿上天，震得地动山摇。

阴差阳错的求学路

先学习，再革命

唐山路矿学堂大门内外，老师和同学面对面站成两排，从门外的坡下延伸到坡上。

五辆像乌龟壳的小轿车，颠晃着从远处驶来。

赵仕北上前拉开车门。

第一辆车门先开，出来的人中等个子，五十岁左右。他有着一张慈祥而刚毅的脸，目光坚定明亮，胡须浓黑，头发整齐。

孙中山！老师和同学们从报纸上见过这个人。在大家心目中，他是大英雄。

"天下为公！天下为公！天下为公！"老师和同学们面对小轿车，挥动着小彩旗。

跟着孙中山出车门的是黄兴。

宋教仁、胡汉民等人从后面的小轿车里走出来。

这些都是叱咤风云的人物啊！

茅以升的眼眶被汹涌的泪水淹没了，怎么擦视线都是模糊的。孙中山、黄兴的事迹，一件件浮现出来，在他的心里掀起惊涛骇浪。

一九一一年十月十日，唐山路矿学堂秋季开学还不到两个月，辛亥革命在武昌爆发。推翻清朝统治的革命风暴席卷全国。

"时局动荡，恐有不测，诸位同学先行回家。时局稍稳，学校立即复课。"罗忠忱对茅以升、裴荣和杨杏佛说。

"再见啊！"杨杏佛来到茅以升的宿舍告别，"革命洪流，浩浩荡荡。再见之日，当不再远。"

茅以升和裴荣从唐山坐火车到天津，再乘船回到上海。茅以升和在上海避难的韩石渠、弟弟会合，裴荣一人坐船，逆流而上回南京。

茅谦也在上海。他告诉茅以升，徐绍桢的新军第九镇起义了。他们攻打南京失败，从江宁退守镇江。徐绍桢联合其他省的兵马，组建江浙联军，任总司令。

"你父亲，任江浙联军总司令部秘书部副长；你二叔，任参谋部次长。"韩石渠说。

"父亲和二叔——有没有危险？"茅以升问。

韩石渠说："不革命，危险更大！只有共克时艰，才能挽国家于危难，救民众于水火。"

"把你父亲和二叔送到徐大帅那里，我——"茅谦指着自己的鼻子说，"这一步，是走对了！"

韩石渠说："你祖父也接到广东方面的邀请，要去广东图书馆任馆长。"

"呵呵，我已六十有三。茅家未来要看以升！"茅谦拍拍茅以升的肩膀说。

年底，茅谦去了广东。江浙联军在这个时候攻破南京。茅以升和韩石渠、弟弟回到了南京。

一九一二年一月一日，孙中山在南京宣誓就职，宣告中华民国临时政府成立。茅以升的父亲茅乃登任南京卫戍总统府秘书长，二叔茅乃封任南京宪兵总司令。

"我也要参加革命。"茅以升见到一身戎装的茅乃登和茅乃封，对韩石渠说。

先学习，再革命

韩石渠知道茅以升的心思。革命风起云涌,激荡全中国。对这场改天换地的革命,无论是参与,还是反对,每一个人都要经受浪潮的冲刷。茅以升一直要求进步,思想活跃,怎么可能对革命无动于衷呢?她赞赏茅以升对革命的态度,但她说:"你年纪还小。"

"不小了。"茅以升说。

"你才多大?十六岁!"韩石渠说,"你参加革命,队伍还要照顾你,你不是拖革命的后腿吗?"

"呃——那我怎么办?"茅以升问。

"革命又不是一天两天的事,等你长大一点儿再说。你利用这段时间,抓紧学习。"韩石渠说,"先学习,再革命。"

茅以升觉得韩石渠的话有道理,答应了。

春暖花开,唐山路矿学堂复学。茅以升和裴荣回到唐山,发现好多同学没来。

校长也换人了。

"校长,杨杏佛呢?"茅以升问新任校长赵仕北。

赵仕北和孙中山是挚友。一八九六年,也就是茅以升出生那一年，他在美国留学，认识了孙中山。后来，他加入同盟会，参加反清活动。孙中山在南京就任临时大总统，他担任临时参议院议长，亲手授予孙中山临时大总统印。

赵仕北说："杨杏佛是同盟会会员。学校停课，他没回老家江西，直接去武昌参加革命了。"

"啊？他是同盟会会员？"茅以升很惊讶，想起杨杏佛分别时说的话，"难怪——"

开学没几天，又有几个同学离校，参加革命去了。

"珍重！"赵仕北亲自将参加革命的同学送到火车站。

"我坐不住了！"裴荣激动地说，"大家都去革命，都去流血，我却在这里独享安逸。我要去革命！"

"你等等我！我给家里写信。我们一起走！"茅以升说。

"你年纪尚小，不到从军的年龄。"韩石渠回信说，"先学习，再革命。"

裴荣对茅以升说："那我先去探路，你随

后来！"

裴荣去了武昌，不久给茅以升来信，邀请他参加革命军："我正在过一种全新的生活，每时每刻都要面对受伤、牺牲，但我们是为国而伤，为国而死。伤口是沃野盛开的鲜花，死亡是死得其所的涅槃！"

"太好了！"茅以升说。他给韩石渠写了一封很长的信，信中说："我要像裴荣、杨杏佛那样投身革命！我再不参加就晚了。"

韩石渠回信说："吾儿，我不反对你参加革命，但你年纪还小。先学习，再革命。"

"唉——"茅以升把韩石渠的信盖在脸上，躺在床上。他很不理解，韩石渠支持革命，为什么不支持他革命。

没过几天，茅以升收到杨杏佛寄来的信："余已从武昌调至南京，在临时政府总统府秘书处任收发组长一职。唐臣兄，你来吧。"

杨杏佛的信写得很平和，却有一种魔力，让茅以升吃不下、睡不着。他干脆给韩石渠拍电报："儿要去革命了！"然后收拾行李。

"你若擅自离校，我不以你为子！先学习，再革命。"韩石渠的电报追过来了。

茅以升看着电报，非常震惊。他隔着千山万水，也能感觉到韩石渠的坚决。过去，韩石渠都是支持他的，为什么在他投身革命这件事上，一点儿不肯松口呢？

茅以升不敢和韩石渠对着干，分别给裴荣和杨杏佛写信："母命难违！但我心已在疆场！"

学校里，孙中山、黄兴、宋教仁、胡汉民等在赵仕北的陪同下，向老师和同学们走来。

"长长长，亚洲第一大江扬子江……"茅以升带头，唱起风靡大江南北的《扬子江》歌：

长长长，亚洲第一大江扬子江，
源青海兮峡瞿塘，蜿蜒腾蛟蟒。
滚滚下荆扬，千里一泻黄海黄。
润我祖国，千秋百岁，历史之荣光。

歌声嘹亮。

孙中山一边走，一边向大家招手。

一九一二年四月，孙中山正式解除临时大总统职务。此后一年多，他专心研究中国革命和建设，提出要在中国修建十六万公里铁路、一百六十万公里公路。为此，他专程到唐山路矿学堂视察。

"修建铁路和公路，需要大批工程技术人员。"孙中山说。

赵仕北告诉孙中山："学堂很快就要改名为'唐山铁路学校'。"

"百废待兴，人才为重。"孙中山边走边说，在个子最矮的茅以升面前停住。

"他叫茅以升，是学校年龄最小的学生，才十六岁。"赵仕北告诉孙中山。

罗忠忱补充说："他的成绩，是全学校最好的。"

"哦。"孙中山深邃温暖的眼睛，凝视着茅以升。就在茅以升纳闷的时候，孙中山又说："是你刚才带头唱《扬子江》歌？"

"啊——"茅以升没想到，孙中山会注意到这一点。他觉得惭愧。杨杏佛、裴荣都参加了革命，他只能在这里带头唱歌。

孙中山、黄兴等人在大门口和大家合影。

"你来。"孙中山喊茅以升站在自己身边。

茅以升的脚好像踩在云上,整个人要飞起来。看上去,孙先生对他印象不错。

茅以升决定,他一会儿就跟孙中山走。

国民革命需要两路大军。

一路进行武装斗争,建立平等自由的中国;一路学习世界科学技术,改变祖国贫穷落后的面貌,把我国建设得繁荣富强,跨入世界先进国家的前列。

为达此目的,我们就要大力开发矿山,修建铁路、公路,开办工厂,把我国从落后的农业国变成一个先进的工业国。

这个重任就落在你们青年学生身上。

孙中山的普通话不大好懂。唐山路矿学堂的老师和同学们席地而坐,盯着他的嘴形,认真、仔细地听,连鼓掌和记录都忘记了。

"在座诸君,一定要努力学好筑路、开矿的本领,将来为国效力。"孙中山说。

哗——大家热烈鼓掌。

茅以升的心咯噔了一下,跟孙中山走的念头突然消失了。孙中山的话好像是对他说的,国民革命需要两路大军,一路进行武装斗争,一路学习科学技术,也就是说,杨杏佛和裴荣离开学校去从军、从政,是革命,他在学校学习,将来参加建设,也是革命。殊途同归!

"我不走了。"茅以升对黄寿恒说。

黄寿恒一开始就下定决心,留下来读书。他对杨杏佛和裴荣说:"你们拼命打,我拼命学。吾辈一起,为国家拼命,为民众拼命,为未来拼命。"

茅以升给母亲回信说:"孩儿彻底明白母亲'先学习,再革命'的教诲,将安心读书,走建设报国之路。"

茅以升的心沉静下来,将全部的注意力投放到课堂上、课本上。

"奇才" 393

"我的要求很简单，"罗忠忱用英语说，"尺量，计算精确到小数点后三位，否则判零分。"

罗忠忱是福建人，二十六岁去美国留学，在康奈尔大学学习土木工程，回国后到唐山路矿学堂任教。他英文流利，发音准确，语调抑扬顿挫。

大多数同学没学过英语。他们竖着耳朵听，但听不懂。

罗忠忱继续用英语说："将来在工程设计中，一个小数点的错误，可能会导致严重事故。"

大家有些骚动。

罗忠忱看看大家，改用汉语说："我为什么要用英语？因为你们过两三年就要参加出国考试，外文也是考试科目。国家亟待复兴，没有时间让你们专门学外语。你们到国外，听到的就是英语。"

大家点点头。

罗忠忱看着茅以升，用英文说："我看出来，茅以升是懂英文的。"

"我——"茅以升红着脸站了起来。他在商业学校认识了陈寅恪。陈寅恪掌握十四五种语言，日文、英文、法文、德文、俄文等都能灵活运用。他受陈寅恪的启发，从那个时候开始学习英语。

"我可以帮助大家。"茅以升说。

"有救了，有救了！"同学们纷纷说。

罗忠忱是最早在国内开设工程课程，讲材料力学、应用力学和基础理论课的人。他总结自己的学习经验，结合学科特点和西方教育模式，讲课说话不多，但抓重点、抓要害，很有逻辑性和启发性。

"考试！"罗忠忱突然说，迅速让同学们分发试卷。

同学们训练有素，立刻把书本收起来，拿起笔。

"Start！"罗忠忱说。

唰——大家埋头做试卷。

"Stop！"罗忠忱说。

唰！大家同一时间放下笔。

罗忠忱经常突然袭击，还规定考试时间，过时判零分。

"我这样做，既能随时检查你们真实的学习情况，也能帮助你们通过考试增加记忆和理解。"罗忠忱说。

罗老师水平很高，学识渊博。他没有教材也能讲，内容都在他肚子里，而且还能讲最新的知识。

"我总结了两条，一条是要复习，'温故而知新'，"茅以升和同学们分享学习经验，"一条是找出各门功课之间的关联。"

"对！我赞成唐臣兄的看法。"李俨站起来说。

茅以升用敬佩的目光看着李俨。

李俨对数学非常感兴趣，而且领悟能力非常强。在他面前，数学不是一道道习题，而是工程的一次次计算、一个个数据。

有一天，茅以升和李俨讨论一道物理题。

到吃饭时间，茅以升说："我们去食堂吧。"

"哦——"李俨说,"我先回一下宿舍。"

茅以升无意中发现,李俨从宿舍出来,没去食堂,而是转到宿舍后面去了。他偷偷跟过去,看到李俨在啃地瓜。

"你这是干什么?"茅以升问。

李俨没有慌乱,坦然地说:"家里没钱。"

"以后,你不要买书,我买。"茅以升对李俨说,"我买了,我们一起看。"

李俨不好意思地说:"你家也不富裕。"

"总比你家好一点儿啊。"茅以升说。

茅以升和李俨做了一份作息时间表:

5:30 起床
12:30 不午休。看书,切磋
16:30 锻炼
18:30 自习
1:00 上床

没有节假日。

茅以升作息表上的"看书",是看《哈姆雷特》

《雾都孤儿》;"切磋",是回答同学的疑问。每天下午四点半的"锻炼",如果天气好就踢足球,天气不好,就在走廊里跑步。

学校放寒假,茅以升邀请李俨去南京,看家里的藏书。茅谦的藏书中,有许多数学书。

土木工程的课程,在中国才起步,西方已经形成完整的教学体系。国内教学使用的英语教材,来不及翻译成中文,只能用原版。这就需要讲课的老师会英文。学校老师大部分都是留学归来的,但人手严重不足,学校便引进了不少英籍、美籍教员。

在唐山路矿学堂上课、聊天,包括所有的文字,一律用英文,不注意,以为到了国外。

"国家复兴,只争朝夕!"罗忠忱对赵仕北说。

赵仕北感慨地说:"倘若年轻二十岁,你我也在求学当中。"

罗忠忱说,他托人从国外买了一批最新的专业图书,还有一大批文学艺术图书。

"好啊!我也在张罗之中。"赵仕北说,"最新的专业图书,可以保证教学处于最前沿;文学艺术图书,可以保证从多方面了解外国。"

几位金发碧眼的外籍教师走过来。

领头的杰克，激动地挥着一个笔记本："校长，猫——衣——森——393。"

杰克刚才上课，拿起茅以升的笔记本，看了一眼胸牌："393，你的？"

"我是393。"茅以升站起来，指着胸牌说。

外籍老师喊学生的中文名字很麻烦，经常让大家不知道喊的是谁。"抢——滑——亏——"其实喊的是"张发奎"；"桥——卷——熊——"其实喊的是"赵全松"。为了方便外籍教师点名，学校给每个学生编号，做成胸牌别在衣服上。

茅以升是393号。

"你把笔记记成这样，你完全可以取代我。"杰克半开玩笑地说。

上课没有教材，全靠老师讲。茅以升多了一个心眼儿。他上课先把笔记记下来，课后整理。他记得详细，书写认真，又是按教材的格式整理，所以，他整理后的笔记像教材一样规范、工整，既可以巩固自己的学习内容，也可以在同学中传阅，帮助他们学好功课。

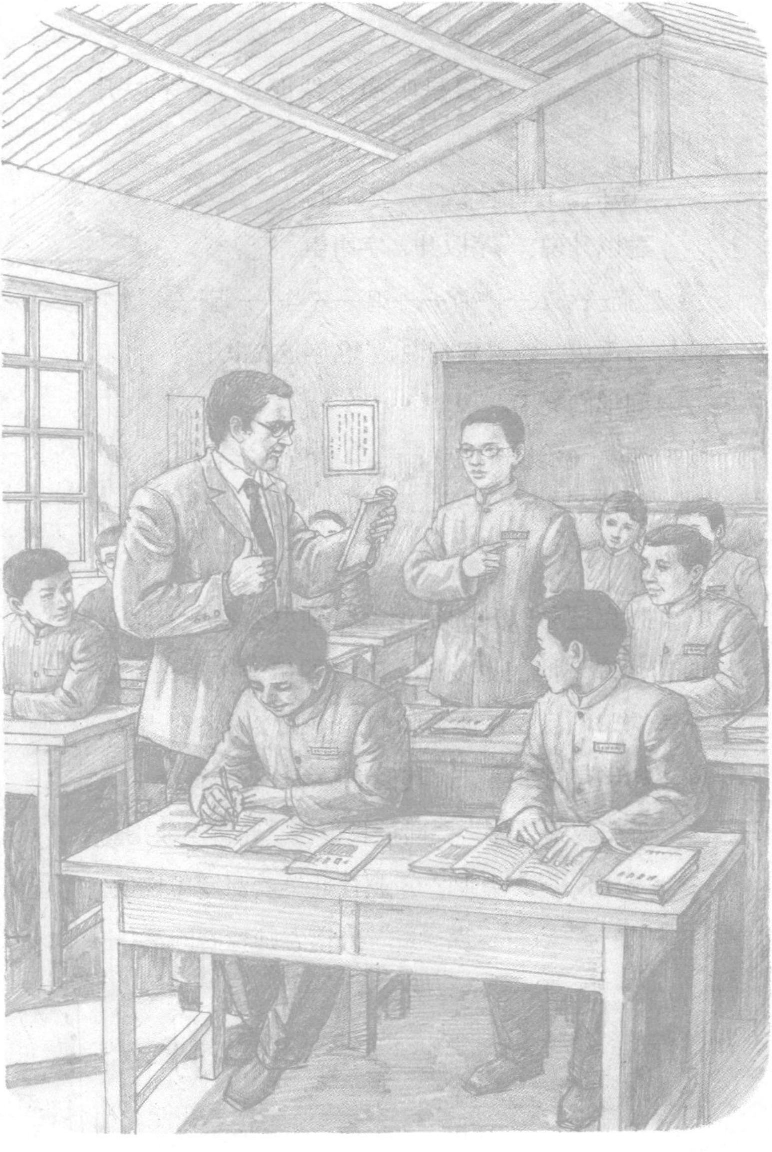

"不，不，我只是听懂了课而已。"茅以升回答。

"393，你叫什么？"杰克问。

茅以升说："茅以升，字唐臣。"

"猫——衣——森——鸡——当——哼——"杰克绕着舌头，耸着肩膀说，"名字这么长！"

同学们笑了。

"叫'茅以升'就行了。"茅以升笑着说。

"OK！猫——衣——森——"杰克竖起大拇指说。

杰克把茅以升的笔记本带到办公室。其他任课老师说，他们也发现，393的每一本笔记都是完美的印刷品。任课老师们还说，393各科考试，除了数学有时是第二，其他都是第一。

外籍教师结伴，要向校长报告"奇才"393。

"393，茅以升吧？"赵仕北笑着对罗忠忱说。

"猫——衣——森——"外籍老师抢着回答。

不可思议的留学生

茅以升坐着大学的交通车，从山脚来到山顶。一路向上，他感觉到风景的秀丽：山石嶙峋，古木参天，瀑布飞下，溪水奔流。

伊萨卡城在美国纽约州中西部五指湖区。康奈尔大学，坐落在伊萨卡市区的东山顶上。

群山之上，大学城的各种建筑巍峨连绵。一座座石拱吊桥，在山谷之间闪现。群山环抱中，伊萨卡城静谧温馨。山上山下，一簇簇、一片片枫叶，像一团团火。卡尤加湖像大海一样宽阔，湖水荡漾，船帆点点。带着水汽的秋风，穿过峡谷、树林，习习拂面，让人心旷神怡。

在康奈尔大学读书的中国学生来迎接茅以升。

"欢迎唐臣兄!"罗英和茅以升热情地拥抱。

茅以升拍着罗英的背说:"怀伯兄,早就听说您啦!"

一九一六年六月,清华学堂招考留美研究生十名。两百多名考生,由考生毕业的学校保送。茅以升所在的唐山铁路学校,改名为唐山工业专门学校,保送了茅以升和黄寿恒。

"李俨,你要是在多好!"茅以升进考场的时候,心里很难过。

李俨大前年就退学了,家里穷,实在供不起他读书。他一边工作,一边自学。茅以升经常给他寄书,还每月把笔记要点抄一份寄给他。

六月,教育部组织全国高校作业评比,唐山工业专门学校排名第一。教育部组织评选优秀工科大学,唐山工业专门学校又排名第一。茅以升是以第一名的成绩,从全国排名第一的工科大学毕业的。

"堪称'第一中的第一'!"罗忠忱激动地说。

"茅以升同学的毕业答卷,完美无缺!"赵仕北在毕业典礼上说,"学校永久收藏!"

就这样,茅以升被清华学堂官费保送留美,即将奔赴康奈尔大学。

九月一日,茅以升和留美的其他九位同学,在上海登上"中华号"远洋客轮。到船上,他才知道黄寿恒也被录取了。九月二十一日,船到美国西部港口城市旧金山,他们各自去联系好的学校。

"唐臣兄,再见!"黄寿恒握着茅以升的手。他去马萨诸塞州的麻省理工学院。

"镜堂兄,再见!"茅以升握着黄寿恒的手。他坐火车去芝加哥,再换火车去纽约州。

二十六号下午,茅以升到了康奈尔大学。

"唐山工业专门学校?"注册的官员看着茅以升的毕业证。

"先生,是的。"茅以升说。

"抱歉!从来没听说过。"注册官员说。他看了看茅以升的护照,盯着茅以升问:"二十岁?"

茅以升说:"先生,是的。"

"不,不,不!"注册官员摇摇头。面前这个中国学生,来自无名的大学,而且比入校的学生小三岁,太令人怀疑了。他把情况报告给学校。

学校很快有了意见:给今年入学的新生加试。

考虑到时差等原因，什么时候加试，由茅以升决定。

茅以升说："明天。"

"明天？"注册官员大吃一惊，"你有权收回你刚才的决定。"

茅以升肯定地说："明天。"

试卷是贾柯贝教授出的。贾柯贝是美国工程学界最著名的人物，著作《结构学》是美国各大学土木工程专业的通用教材。

和茅以升一起加试的，还有从其他国家来的三四十位留学生。

"猫衣森——九十二分，"贾柯贝惊喜地说，"第一。"

康奈尔大学当即宣布：茅以升直接进康奈尔大学研究生院，成为康奈尔大学历史上最年轻的研究生。

康奈尔大学同时宣布：唐山工业专门学校的学生，今后不用考试，直接入学。

办完入学手续，茅以升回到宿舍。宿舍背山面湖，推开窗子，就是一幅壮美的画卷。

夕阳落到卡尤加湖那边的山后。蔚蓝色的天空，有一丝丝绚丽的晚霞。蓝天和晚霞映照在湖水里，一阵阵风吹过去，湖面乌黑、深蓝、浅蓝、橘红，变换着不同的颜色。

"唐臣！茅以升！唐臣！"门外有人喊，声音由远而近。

茅以升一愣，觉得声音很熟悉，好像是记忆中的一个人，但又不敢确定。

"唐臣！"声音已经到了门口。

"宏甫兄！杨杏佛！"茅以升想起来了，飞快转身，拉开宿舍门。

"哈哈！"杨杏佛和茅以升的手拉在一起。

杨杏佛身边站着一个学生模样的人，笑眯眯的。

"这位是——"茅以升问杨杏佛。

不料此人却先向茅以升伸出手，说："竺可桢，字藕舫。"

"哎呀！您就是——"茅以升伸出手与他握手。竺可桢也曾在唐山路矿学堂学习土木工程，他以前听说过竺可桢很优秀，只是他进学校，竺可桢已经毕业了。

竺可桢说，他比杨杏佛大三岁，比茅以升大六岁，一九〇九年考入唐山路矿学堂，一九一〇年被公派留美学习，先在伊利诺伊大学农学院学习，现在在哈佛大学学习气象学。

"一九一二年，孙中山先生派我到美国留学，先是在康奈尔大学，后来到哈佛大学。"杨杏佛说，"学机械工程、工商管理。"

"也是学长！"茅以升也对杨杏佛拱着手。

"唐臣兄可是了不起啊！"杨杏佛对竺可桢说，"在唐山路矿学堂风生水起。一到康奈尔大学，就显英雄本色！"

罗英和同学们听说杨杏佛和竺可桢来了，都跑过来。他们都熟悉。

正是吃晚饭的时候，杨杏佛和竺可桢拿出带来的罐头，罗英和同学们分别做了西红柿炒鸡蛋、煎鳕鱼、罗宋汤。茅以升拿出干炒带壳花生。

中国留学生平时省吃俭用，但今天开心。

"来！"杨杏佛买了几瓶啤酒，给大家的碗里倒上,"唐臣兄,您把中山先生的训话传达一下。"

"'在座诸君,一定要努力学好筑路、开矿的本领,将来为国效力。'"茅以升说。

"干杯!"大家的碗碰到一起。

第三天上午,贾柯贝让助手开车,接茅以升到他的办公室。

贾柯贝的办公室在教学楼一层顶头,很大,陈列着几座桥梁的模型,还有几个沙盘。四周的墙上,挂着桥梁和道路的巨幅照片。他办公的地方在墙角,那里有一张办公桌、一排沙发,还有几个高大的文件柜。

"我想邀请你做我的学生。"贾柯贝说,"如果你愿意的话。"

茅以升鞠躬说:"先生,我非常愿意。这是我最大的荣幸!"

"谢谢。"贾柯贝对茅以升的回答很满意,"我查了你所有的资料,并且和你的老师罗忠忱取得了联系。"

茅以升恭敬地看着贾柯贝,等着他说下去。

"你的祖父是了不起的人。"贾柯贝说,"他对数学、水利都有很深的研究,而且亲自实践。"

"是的。我很尊敬我的祖父。"茅以升说。

"你的母亲韩石渠女士,是一位了不起的女性。"贾柯贝说。

茅以升情感的闸门被贾柯贝打开了。他想念祖父、父母,还有兄弟们,泪水涌进眼眶。

贾柯贝说:"你也许奇怪,我为什么要了解这些。"

茅以升点点头。

"我希望我的学生家风端正,品学兼优。"贾柯贝说,"最重要的是要爱自己的国家。"

茅以升表情严肃起来。

"你的国家是伟大的,但贫穷落后。"贾柯贝说,"但只要有人愿意为之奋斗,就会富强、繁荣!"

"我愿意!"茅以升说。

贾柯贝看看窗外,问茅以升:"你为什么有一段时间不看报纸?"

"呃——报纸上,都是为袁世凯歌功颂德,为复辟制造舆论,所以我不看。"茅以升说。他心里想,贾柯贝了解得真全面、细致啊!

"好!"贾柯贝打着字。打字机上的键盘,在他的手指下欢快地跳跃着。过了一会儿,他撕下一张纸交给茅以升:"我给你确定的硕士论文是《两铰上承钢桁架拱桥的设计及二次应力研究》。"

破解世界难题

"知道我为什么选这个日子吗?"贾柯贝和茅以升站在阳台上。他很喜欢这个来自中国的留学生,经常把茅以升接到家里长谈。

贾柯贝的家在半山腰上。强劲的阳光,把天空洗得碧蓝。山谷有阳面也有阴面,让树木、巉岩、建筑更有层次感。卡尤加湖没有一丝波纹,平静得像一个巨大的广场。

茅以升笑而不答。他知道,以问话开头,是导师说话的习惯,并不是要他回答。

贾柯贝说:"这一天是中国的端午节。中国的屈原,只能投河而死,但中国的'猫衣森',要在大江大河上建造大桥。"

"一个时代，有一个时代的使命。"茅以升被贾柯贝的话感动了。他低着头，不想让贾柯贝看到他的泪水。

茅以升曾经问过贾柯贝，康奈尔大学优秀学生那么多，为什么要选他做学生。

贾柯贝告诉茅以升，从那张卷子上看得出，茅以升有些内容不是学院派的——在课堂上没学过，却能借助课外的自学、大量的阅读，通过富有创造性的分析，找到答案。

"坦率地说，甚至可能超过我的答案。"贾柯贝说。

茅以升真诚地问："我怎么能超过您的答案呢？"

"答案不是唯一的，不是不变的，尤其是工程。"贾柯贝说，"简单地说，地貌、水文、气候、材料，包括个人的修养与习惯等，都会影响答案。"

"个人修养与习惯也能影响答案？"茅以升问。

"当然。"贾柯贝指着伊萨卡城说，"这座城市最初的建造者，深受文艺复兴的影响。如果是你来设计，一定具有鲜明的东方色彩。"

按照贾柯贝的规划，茅以升边学课程边做硕士论文。

"我行吗？"茅以升问。

贾柯贝说："你肯吃苦，也聪明，记忆力惊人，而且具有非常强的研究能力。"

"我……"茅以升说。

贾柯贝摆摆手说："要快！你的国家等不及！"他又说，"当然，我不会放低对你的要求。相反，我会格外严格。"

茅以升答应了。

贾柯贝布置的《两铰上承钢桁架拱桥的设计及二次应力研究》是世界级的课题，但茅以升不怕。他对照题目，结合所学到、看到的知识，寻找破题的曙光。

就世界范围来说，桥梁研究主要是铁路桥，也就是钢桥。钢桥无论是梁桥还是拱桥，主要使用铆接桁架形式，即用铆钉连接。铆接是刚性的，在端头要根据情况弯曲，这就是"二次应力"。

……

铆接二次应力这一重要课题，在欧洲已经得到解决，并在世界范围内使用，但这时候，美洲的经济发展速度大大超过了欧洲，铆接已经不适用于跨度更大的钢桥。美国用来解决大跨度钢桥的办法，就是采用铰接的形式，即用铰链连接。铰接同样存在二次应力的问题。

茅以升研究的，就是这个问题。

研究这一问题对茅以升来说难度极大，因为他来自铁路桥建设才起步的中国，而且只有二十岁，但他最不怕的就是困难。应对困难的办法，就是勤奋、刻苦、深入，并且触类旁通。

留学生们一般都利用课余时间学习驾驶技术，将来回国用得上。茅以升的课余时间很少，有一点儿空，就摆弄照相机。

茅以升把镜头对准康奈尔大学周围的峡谷、河流、桥梁，计算建造大桥定位的精度、桥身的跨度、材料的韧度。他还把镜头对准桥梁的结构、材料，甚至细小的铆接点，研究建造者如此建造的理由，再结合新材料、新研究成果，寻求更完美的方案。

凡是有跨度的地方，哪怕是教学楼与教学楼之间，哪怕是一座钢架结构的建筑，都成了茅以升的关注点。他的目光在两端飞来飞去，目测、计算、想象。这让他常常想起小时候在两张凳子之间放小木桥、张开双臂的情景。

"嘿嘿嘿……"茅以升笑了起来。

"唐臣兄，那么开心。"一个年轻、儒雅、俊秀的年轻人，在罗英的陪同下走过来。

"啊——宣仲兄！赵元任！"茅以升没见过此人，但见过此人的照片。

赵元任比茅以升大四岁，一九一〇年到康奈尔大学学习数学，选修物理、音乐。现在在哈佛大学学习哲学，继续选修音乐。一九一四年，他和竺可桢等几位中国留学生创办"中国科学社"，出版会刊《科学》，每月一期。他听竺可桢介绍茅以升，也听说茅以升能把圆周率背到小数点后一百零五位，专程从马萨诸塞州来伊萨卡城约稿。

"猫——衣——森，"罗英学着美国人的发音"茅以升"说，"他忙死了，恐怕没有时间。"

"向英语世界介绍中国人对圆周率的研究，也是为国家，唐臣兄一定不会推辞。"赵元任自信地说。

"恭敬不如从命！"茅以升果然一口答应。

"我不仅要写一篇《中国圆周率略史》，重点落在中国古代科学的领先，中国学者重在实用。"茅以升说，"我还要写一篇《西洋圆周率略史》，重点落在外国现代科学的进步，西洋学者重在精确。"

罗英说："结论：中国近代落后的原因之一，是缺少科学的寻根究底精神。"

"故今日之责任，不在他人，而全在我少年……"赵元任学梁启超用广东话说。

茅以升笑着说："惟妙惟肖啊！"

"你我老乡啊！"赵元任用常州话说，"我老家常州青果巷，有萝卜干。"他改用镇江话说，"你老家镇江五条街，有锅盖面。"他又用南京话说，"还有南京的鸭血粉丝汤，小笼包。"

"哈哈哈，久闻宣仲兄是语言天才，果然名不虚传。"茅以升说。

送走赵元任，茅以升对罗英说："怀伯兄，我们何不在伊萨卡成立'中国工程学会'？"

"好啊！"罗英说。

茅以升的建议，得到了在伊萨卡的中国留学生的赞成。茅以升写的《中国圆周率略史》在中国科学社的《科学》上发表的时候，"中国工程学会"成立，创刊《工程学会学报》。中国科学社、中国工程学会，加上凌鸿勋在哥伦比亚成立的"中国工程师学会"，专业各有重点，经常在一起进行科学探讨。

"每次聚会，必有所获。诸君都处前沿，各有专攻。我兼收并蓄，为我所用。"茅以升给罗忠忱写信说。

"即使是在伊萨卡，每一座桥梁都是不一样的。"茅以升对着地图，向贾柯贝汇报自己的心得，"这条峡谷终年横风，最大风力每秒六十七米，它们对钢架拱桥、跨桥的影响是不同的，那铰接的二次应力当然也会不一样。"

"那么，铆接的二次应力是不是一样呢？"贾柯贝看着茅以升说。

茅以升在贾柯贝面前愣住了。几秒钟后，他的脸上露出笑容："先生，我懂了！"

贾柯贝是在告诉茅以升，铰接脱胎于铆接，但铆接不是落后，相反还会广为使用，只是不适用于更大跨度的桥梁建设。铰接遇到的问题，铆接也会遇到。从铆接入手，反过来研究铰接，可能是最好的方法。

茅以升用大半年的时间，读完康奈尔大学桥梁专业研究生的全部课程，硕士论文获评审委员会一致通过，他以优秀的成绩取得硕士学位。

一九一七年六月二十三日，贾柯贝选择这一天让茅以升毕业。

"唐臣兄，你又在康奈尔大学创造了纪录。"竺可桢对茅以升说。

毕业典礼上，康奈尔大学要送茅以升一个礼物：聘请茅以升留校当助教。这是外国留学生梦寐以求的好事。茅以升本来回国心切，但留学的时间还没有结束，留校还可以再做一些研究，开阔眼界。

礼物装在信封里，由贾柯贝代表学校展开、宣布。

最好的选择

轰隆隆……

嗵嗵嗵嗵……

嘀嘀嘀嘀……

机器日夜轰鸣，打桩机日夜夯击，载重汽车日夜奔驰。烟囱高耸，每一座烟囱日夜冒着黑烟。天空烟雾弥漫，即使在晴天，太阳也只是一个暗亮的影子。

这就是匹兹堡。

匹兹堡位于宾夕法尼亚州西部，是美国的工业中心。这里有优质煤矿和铁矿石，具有发展钢铁工业的优越条件。

茅以升穿着油腻的工作服，跟着工人们做桥梁构件，钉铆钉，刷油漆。从早到晚，他的腰都是弯着的。即使有机会能直腰，也因为腰部肌肉紧张带来的剧痛，不敢把腰直起来。只有到下班了，才会站定，让腰一点儿一点儿挺直。

康奈尔大学决定让茅以升留校，但贾柯贝帮茅以升做了另一个决定：去匹兹堡桥梁公司实习。

"猫——衣——森——你搞桥梁，仅有理论知识不行，一定要有实践经验。"

茅以升觉得这是最好的选择。

茅以升到了匹兹堡桥梁公司，从木工、油漆匠学起。他做好了吃苦的准备，但眼前的苦、累、脏还是让他吃惊。更让他吃惊的是，和他一起又苦又累又脏的人，竟然有不少是硕士、博士生，各国留学生都有。他们都是为锻炼动手能力、积累实践经验来的。

傍晚，茅以升拖着沉重的双腿回住处。

"猫——衣——森——回来啦？"房东吉尔太太拉开门。

房东的女儿珍妮小姐，接过茅以升手上破旧的公文包。

"吉尔太太，珍妮小姐，我回来了。"茅以升看到房东太太和小姐，疲惫的脸上露出笑容。

茅以升的实习工资是七十美元。他在匹兹堡租了一间民房，每月租金十四美元，伙食费三十美元。吉尔太太和珍妮小姐对他非常好。他每天早晨五点起床，六点出门上班。吉尔太太会给他做好早餐，让他吃饱、吃好，还不耽误他的上班时间。

茅以升洗好澡，吃过晚饭，在饭桌上画图纸，搞设计。这是他工作的一部分。吉尔太太坐在一旁看报纸，珍妮读着小说。

"猫——衣——森——站起来活动活动吧。"吉尔太太放下报纸，去端煮好的茶。

"谢谢！"茅以升扶着腰站起来，眼睛不经意间落在吉尔太太的报纸上。忽然，他弯下腰去。他看到了卡耐基理工学院（现卡内基梅隆大学）的招生广告。

卡耐基理工学院土木工程系有夜校，设有工科博士学位，必修课程都在晚上上课。工学院规定，要攻读博士学位，必须是硕士学位获得者。同时要完成二十五万字以上的博士论文，还要修满一门主科、两门副科，其中两门副科必须是自然科学和社会科学。此外还要通过两门外语考试。

茅以升思考着条件，珍妮帮他写在纸上。

主科：桥梁工程
副科：高等数学、科学管理
外语：汉语、法语
论文：《桥梁桁架内的二次应力》

茅以升在美国，英语不能算是外语，但汉语算。第二天，他去报名，成了卡耐基理工学院第一位攻读工科博士学位的研究生，也只有他一人选修高等数学。学校专门为茅以升一人开设高等数学。

茅以升制订了作息时间表：

5:00 起床、吃饭、晨读
6:00 上班
17:00 下班、洗澡、吃饭
19:00 上课
21:00 下课

21:30 自习

1:00 上床睡觉

除此之外,上下班路上,工地休息,所有能利用的时间,茅以升都利用起来。

茅以升只用一年的时间,就修满了各科学分,比学院规定的时间提前了一年。

"先生,我将辞去桥梁公司实习工作,全力完成博士论文。"茅以升回了一趟伊萨卡,对贾柯贝说。

贾柯贝说:"结构力学中的二次应力,对建筑和桥梁工程具有非常重大的实际意义。"

"我想把力学问题归结于数学问题,用数学方法进行演绎和推论。"茅以升报告论文的思路。

"哇!"贾柯贝赞赏说,"不管结果如何,你进行的都是开创性的工作。"

茅以升回到匹兹堡,打算在吉尔太太家写论文,但他的心总是静不下来。

第一次世界大战结束,中国是战胜国,但巴黎和会竟然决定把德国在山东的特权全部转交给日本。北洋军阀政府屈服于帝国主义列强的压力，准备在和约上签字。消息传开，引起了中国人民的强烈反对。国内抗议如潮，国外的中国人积极响应，声援国内。

匹兹堡有四十多名中国留学生，组成了"匹兹堡中国留学生会"。茅以升是副会长。留学生会在卡耐基理工学院音乐厅举行"中国夜"宣传活动，当地群众一千五百多人参加。

茅以升在活动上发表演说：

中国是战胜国。中国不要他国一寸土地，却收不回自己被霸占的土地。"巴黎和会"要使一个强盗之协议合法化。天理何在！山东乃中国国土，山东民众乃茅以升同胞，岂能容虎狼霸占！

茅以升的演说，赢得了全场的同情和支持。

三天后，国内爆发了具有深远历史意义的五四运动。

"我要加快完成论文的速度，回到我的祖国去。"茅以升对吉尔太太和珍妮小姐说。

"猫——衣——森——你瘦了。"吉尔太太笑着说,"你的同学会以为我对你不好。可是,我已经尽力了。"

吉尔太太觉得这个来自中国的留学生在拼命。她能做的,就是为他加强营养,给他做很多好吃的。茅以升胃口很好,可还是一天比一天瘦。

"吉尔太太,您不用担心,我棒棒的!"茅以升说。

十月二十七日,茅以升三十多万字的论文画上句号。

卡耐基理工学院收到茅以升的论文,觉得论文的意义重大,立即组织答辩。

论文答辩会在十一月十三日上午举行。

早上,吉尔太太给茅以升煎牛排、煎鸡蛋、炸大虾,珍妮做了一盘水果沙拉。

"猫——衣——森——"珍妮从里屋拿出一套西装、一条领带和一双皮鞋。

"呵呵,呵呵呵呵……"茅以升看看自己的衣服,不好意思地笑了。到美国这几年,他没有添置过一件衣服,一直穿着当年清华学堂做的出国制服，甚至没买过零食。

"猫——衣——森——穿上！"珍妮命令说。

茅以升穿上西装、皮鞋，珍妮帮他打好领带。

在答辩之前，专家们召开闭门会议，讨论这个年轻的中国留学生这么快修完学分，这么快完成三十多万字的论文，有没有可怀疑的地方。结论是没有。他们都是本领域里的顶尖专家，既没有见过他的研究方式，也没有见过他的研究成果。

"那么，我们就祝贺这个年轻的中国学生。"答辩委员会主席说。

稍后的答辩会，成了例行公事。

"猫——衣——森——你是天才。"主席说，"你的论文达到世界级水平。我可以预言，不久，你的新力学理论，将会被命名为'茅氏定律'。"

茅以升鞠躬说："谢谢主席。您的赞誉，让我倍感荣幸！"

"我们全体通过你的论文，并且祝贺你成为卡耐基理工学院第一位工学博士！"

全场起立，为茅以升鼓掌。

"请猫——衣——森——致答辞。"主席笑

着说。

刹那间,从记事起的一幕幕场景,扑面而来。茅以升的内心涌起巨大的波涛。他特别想说感谢,但要感谢的人太多了。

"我——今天感谢我的房东吉尔太太、珍妮小姐,"茅以升看向观众席,向吉尔太太和珍妮小姐招手,"我的西装、领带、皮鞋,都是她们买的。"

全场爆发出掌声和笑声。

"猫——衣——森——"贾柯贝从观众席走向主席台。他给茅以升带来了"斐蒂士"金质奖章。

"斐蒂士"金质奖章,是康奈尔大学专门为在土木工程上卓有成就的研究生设置的,每年只颁发一次,每次只颁发一人。

钱塘江盼来了造桥人

一夜小雨,海河涨水了。水欢快地流动着,发出淙淙的声音。

这是北方难得的一场春雨,干燥了许久,终于得到滋润。吸一口,嘴里不再是细微的灰尘,清爽的气息一路甜润到心里。风轻轻地吹着,杨柳垂下的一根根枝条,立刻飞扬起来。风越大,枝条的情绪越昂扬,飘舞得越高,好像要到天上去,化作一丝丝云彩。

"耳朵眼炸糕、煎饼果子、果仁张、曹记驴肉、狗不理包子、大小麻花——"天津口音的吆喝声,总是给人喜感。

茅以升捧着一纸包的狗不理包子,走进北洋大学。他想起江南的春天。南方春天的柳树间，一定间杂着桃花。早上，应该有南京的小笼包、鸭血粉丝汤，或者有一碗镇江锅盖面。

"茅先生，有您一封信。"邮差交给茅以升一个信封。

茅以升看了看落款：浙赣铁路局杜镇远。

杜镇远和茅以升是唐山路矿学堂的同学。

杜镇远在信中说：

浙赣铁路已由杭州通至玉山，不日可通至南昌；浙江全省公路已达三千公里，正向邻近各省连接。无奈钱塘江一水将浙省分成东西，铁路公路无法贯通。一省交通受限制，对全国也有大碍。建设厅厅长曾养甫想推动各方，在钱塘江上兴建大桥。现在时机成熟，拟将托此重任寄诸足下。望速来杭州，面商一切。

"嗯？"茅以升不敢相信自己的眼睛，又看了一遍。这一遍，他看了一半，就哭了起来。

茅以升想起一九一九年十二月底，他回到祖

国，罗忠忱给他写了一封长信。那时罗忠忱已经是唐山工业专门学校校长，邀请他回母校任教。

"国家尚无大兄用武之地，学堂虚席以待，翘首以盼。"罗忠忱热切地说。

"归心似箭！无上荣光！"茅以升回信说。

茅以升讲授结构力学、桥梁设计等课程。他讲的是最新的理论，而最新的理论是他研究的，或者是他刚学到的。他除了自己讲授，深入浅出、风趣幽默，还让学生准备问题考老师，被称为"学生考先生"。独特的教学方法，让他的课很受欢迎，教室后面、走廊里、窗外，都是蹭课的老师和同学。

一九二二年七月，茅以升回南京，到东南大学任教授、工科系主任。

教育系主任是陶行知。他专门带学生听茅以升上课。

"学生考先生，以问促学、以学带问，"陶行知说，"是教育一大创举，值得推广。"

"先生谬赞！先生'生活即教育''社会即学校'，振聋发聩，功德无量。"茅以升说。

"先生，我学教育，当以三尺讲台为岗位，"陶行知话锋一转，神情严肃起来，"你学工程，更应在工程上大显身手啊！"

茅以升深深地叹了一口气说："朝思暮想！但国力疲惫，民生多艰，哪里还有什么工程？"

之后，茅以升又到河海工程专门学校、唐山大学、北洋大学担任校长，还担任过江苏省水利局局长、天津大陆银行事业部主任。

这么多年过去，茅以升造桥的念头竟然淡了。

"茅先生，您怎么哭啦？"邮差说。

"呵呵……"茅以升擦掉眼泪笑了笑，把装着包子的纸袋塞进邮差的怀里。

茅以升从天津启程，赶到杭州。

一晃已经是一九三三年的春天了，茅以升已近不惑之年，他不敢懈怠。

杜镇远、竺可桢，在"楼外楼"饭店为茅以升接风。

"浙江发展，国家发展，需要一座桥！"竺可桢说。

杜镇远说："我国铁路桥梁，过去都是外国人包办。唐臣，你看看他们建的是什么桥！"

杜镇远说的是事实。外国人垄断了中国的筑路权，只顾赚钱，避难就易。郑州的黄河大铁桥，基础不牢。洪水季节，要从很远的地方运来碎石，抛到河里保护桥墩，过桥的火车要减速慢行。武汉和南京，铁路修到长江边，却不建造跨江大桥。旅客和货物靠轮船摆渡，不仅慢，而且遇到恶劣天气，只好停摆。

"现在我们有了造桥的机会，"竺可桢说，"唐臣，千万不要错过！"

杜镇远说："而且要树立起一个榜样！"

曾养甫发着高烧，住在医院。茅以升想等他身体好了再去拜访，但他等不及。他一边挂水，一边和茅以升交谈。

"你是我们的楷模！"曾养甫说。

茅以升有些蒙："这从何谈起？"

"你博士毕业后，我进匹兹堡大学读研究生。"曾养甫开心地说，"匹兹堡到处都是你的传说。"

茅以升笑了。

曾养甫说："造钱塘江大桥，乃浙江所盼，乃国家所急。"

"钱塘江以险恶著称——"茅以升说,"江底泥沙深厚——"

曾养甫说:"我知道,我知道。如果容易,早就造了,哪里轮到你我?"

"造桥需要一笔巨款——"茅以升说。

曾养甫说:"筹款,我负责;造桥,你负责。"他见茅以升还要说什么,举手制止,"你所说的困难,我都清楚。我现在请你来担任钱塘江大桥工程处处长,你干不干?"

"我——"茅以升渴望造桥,恨不得立即有一个工程,马上开工,但现在反而谨慎了,因为一旦承诺,开弓没有回头箭。

"茅以升!我们平时不是说要为江山社稷、黎民百姓做点事吗?"曾养甫板着脸说,"现在机会来了,敢不敢站出来?"

茅以升就像一堆干柴,突然被一把火点着了。他重重地点着头。

"哎呀!"曾养甫拔掉吊针,从病床上爬起来,拉着茅以升的手,"一言为定,决不反悔!我们这就去钱塘江!"

哗——哗——离钱塘江还有很远的路，就听到江潮的声音。

风渐渐大起来。天空中的云一边翻卷，一边乱飞。江鸥鸣叫着，忽上忽下。再近一些，潮声轰轰隆隆，即使高声说话，对方也听不见说什么。空气更加湿润，吸入的空气都是湿漉漉的。

轰——哗！一转弯，钱塘江赫然展现在眼前。虽然是晴天，但对岸离得好像很远，一片苍茫。

钱塘江是浙江最大的河流，发源于新安江和马金溪，在杭州形成宽阔的江面，然后奔腾入海。如果上游山洪暴发，钱塘江洪流奔泻；如果下游海潮上涨，钱塘江波涛汹涌；如果山洪与海潮并发，江面风云激荡，巨涛摧枯拉朽，响声惊天动地。

钱塘江面，狂风巨浪难以驯服。江底还有深厚的泥沙，在水流的冲击下不断流动，变化莫测。传说，江中曾经有一块罗刹石，高大峻峭，经常撞破船只。后来，罗刹石被泥沙深埋，而且不知道被冲到了哪里，可见江底泥沙有多厚。

"杭州有一句歇后语：钱塘江造桥——不可能。"曾养甫说，"我们就是要把不可能变成可能！"

"我先回天津辞职。暑假一过,即来杭州!"茅以升对曾养甫说。

"唐臣兄,我得和你打个招呼。"曾养甫说,"我把资料寄给美国专家华德尔先生了,也请他做设计。"

"为什么?"茅以升差点被这个消息激怒。

"谁会相信中国人能造大桥呢?"曾养甫狡黠地说,"华德尔先生是铁道部顾问。让他设计,他就不会反对我们造桥。至于他的设计你用不用,我哪里知道?"

"你是拉大旗做虎皮!"茅以升笑了,"你放心,华德尔先生的设计如果好,我们一定会采用。"

八月,茅以升再次来杭州。他请康奈尔大学同学罗英辞掉山海关桥梁厂厂长职务,担任钱塘江大桥总工程师;又请梅旸春、李学海、李文骥等资深工程师,分别负责钢架工程、混凝土、打桩等工作。

选址、勘探、设计、工程招标,茅以升和团队每天按小时、分钟计算,人黑了几层、瘦了几圈。

"唐臣兄,"罗英对茅以升说,"我得请假去买裤子。"

"哈哈哈,怀伯兄,"茅以升指着大家松松垮垮的腰间说,"我们都得买。"

把不可能变成可能

"唐臣兄!"曾养甫打电话给茅以升,"一个小时之后,我请您在'菲尼克斯'吃西餐。"

"呃——"茅以升拿着话筒,想拒绝曾养甫。

今天,钱塘江大桥开工,千头万绪,尤其是桩基打不下去,他哪里有心思吃西餐呢?

"我出发了!"曾养甫不由分说。

茅以升也赶紧出门。建造钱塘江大桥,曾养甫比他还急,没有十万火急的事,绝对不会约他,更不可能吃西餐。

茅以升赶到"菲尼克斯"西餐厅,曾养甫已经到了。

曾养甫没等茅以升坐下来,就指着墙上的日历说:"我们的工期是两年半,按计划半年之后正式开工,完工应该是一九三七年了。"

"工程比我们最坏的估计还要复杂。尤其是江底淤积的泥沙,第一不见底,第二即使见底了也是流动的,第三还在研究怎么打桩基、建桥墩……"茅以升说。

"唐臣兄,我可不是来听你说一大堆困难的。"曾养甫打断茅以升的话。

茅以升坚持说:"这是事实——"

"这个我不管,这是你的事!"曾养甫说,"工期必须缩短——"

"啊?"茅以升瞪大了眼睛。

"中日关系日趋紧张,日寇虎视眈眈。大桥关系重大,越早建成越好。"曾养甫凝重地说。

"……缩短到多少时间?"茅以升觉得无法拒绝曾养甫。

"一年半!"曾养甫的手指在桌上戳着,"而且必须在今年十一月十一日开工!"

十一月十一日,是第一次世界大战结束的和平纪念日。

"不可……"茅以升看着曾养甫迫切、期待的表情，只好改口，"我们尽力！"

"不是尽力！是必须！杭州需要，浙江需要，全国需要！抵御日本侵略需要！"曾养甫说。

茅以升坚定地说："好！"

"好！"曾养甫站起来说，"我就知道，一开始找唐臣兄找对了！"

"二位先生请！"服务生端来两份牛排。

曾养甫掏出钱拍在桌上，对服务生说："留着下次再吃。"他拉着茅以升就走。

"不行！"茅以升甩开曾养甫的手，转身回餐桌，"我得打包带回去。大家好几天没见到荤腥了。"

"哦——"曾养甫把柜台上陈列的面包全拢起来，让服务生装进食品袋。他对茅以升说："唐臣兄，钱塘江大桥按时建好，我请你们吃一个月的牛排，和牛住在一起都行！"

"要是没建好呢？"茅以升看着曾养甫说。

"呃……"曾养甫脸上的笑，像黄昏的光亮一点儿一点儿消失，"你得跳钱塘江，我跟着跳！"

茅以升和曾养甫带着牛排和面包来到工地。

"鸿门宴啊!"罗英抓着一块面包,塞进嘴里。

茅以升苦笑着说:"没宴。"

"预留了庆功宴。"曾养甫笑着对大家说,"不久的将来,这里——"他指向宽阔的江面说,"将有一座中国人主持设计、建造的中国第一座双层铁路、公路桥。"

茅以升、罗英、梅旸春、李文骥顺着曾养甫的指引看过去。

一条大江横在面前,一泻千里,片刻不肯停息。江涛拍岸,卷起一堆堆雪白的浪花。对岸茫茫苍苍,岸线隐隐约约。一眨眼,一座大桥像长虹,飞架南北。但再一眨眼,眼前又是空空荡荡的,只有一江奔涌的浑水。

江边的每一个人,心都一拎、一紧。

经过仔细勘探、详细论证,钱塘江大桥选址,北起六和塔虎跑路,南到联庄村上沙埠。大桥全长1453米,江中正桥1072米,北岸公路引桥288米,南岸公路引桥93米,公路桥宽9.14米,铁路桥宽4.88米。大桥采用双层联合桥形式:下层是单线铁路桥，设计时速120公里；上层是双线公路和人行道，公路部分设计时速100公里。

"如果遭到飞机轰炸，公路桥相当于铁路桥的保护层。公路不通了，铁路也不会停。"茅以升说。

"哦——"审查委员会的成员们倒吸一口冷气。话不用挑明，大家都明白，茅以升指的是虎视眈眈的日本人。

华德尔设计的方案是铁路、公路、人行道三路并行。这种"铺开式"的设计已经落后，而且造价需要758万银圆，比茅以升方案的510万多200多万。

华德尔的设计方案，被铁道部否定了。铁道部通过的是茅以升设计的方案。

"一年半时间。"茅以升说，"说什么都没用，战斗！"

"发信号！让打桩船进入施工区！"罗英说。

一个旗手向杭州湾方向打旗语。

一艘打桩船驶进施工区。

"从泥沙层向上，到公路桥路面，高约70

米。"茅以升对曾养甫说,"这么长、这么高的庞然大物,要安顿在桥墩上。"

"桥墩的桩基必须穿过泥沙层,扎根在岩石层里。"罗英说。

"正桥一共15个桥墩。15个桥墩中,9个桥墩需要打桩作为基础。每个桥墩需要打160根桩基,全部打完要1440根。"曾养甫说,"唐臣兄,你的方案,我烂熟于心。"

"每根桩基30米长,但江底的泥沙平均厚度41米。也就是说,30米桩基,首先要穿过41米的泥沙层。"梅旸春说。

罗英用手比画说:"41米加30米,一根桩基平均要打71米深。"

"我不听了。我不是来做数学计算的。"曾养甫摆摆手说,"你们做你们的事,我做我的事。"

打桩船开始施工。

茅以升带着旗手站在江边,盯着在江心作业的打桩船,船上也有旗手。

太阳从头顶走过去,在西边落下去,茅以升一动不动地站着。两边的旗手每隔一小时联系一下,没什么进展。

天色暗了，茅以升对旗手说："再问问。"

旗手发出询问的信号。船上的旗手站在甲板上，向这边挥动旗帜。

"桩基打进泥沙层13米。"旗手回复，"他们打算晚上继续。"

第二天，天刚蒙蒙亮，打桩船报告：桩基打进泥沙层37米，凌晨3:17断裂。3:57新打一根桩基，已经打进泥沙层11米。

"这要打到哪天？"茅以升皱着眉头说。

"增加打桩船呢？"梅旸春说，但他又否定了自己的提议，"大半个中国，也就两艘打桩船。"

"那一艘打桩船到了什么位置？"茅以升问。

罗英说："正从外地赶过来，离杭州湾还有半天时间。"

中午12:00，打桩船发来消息，3:57新打的一根桩基，已经打进泥沙层37米；下午4:00，打穿泥沙层；下午6:00，打进岩石层0.62米。

"这说明他们打出经验了。"茅以升说。

"按这样的速度，一天一夜可以打完一根桩

基。"罗英分析说,"两艘船同时打,也得720天才能打完。"

"一定有一个办法,在等着我们找到它。"茅以升笑着鼓劲,"就看我们有没有这个本事。"

傍晚,风突然大了。不一会儿,西边的乌云铺天盖地压过来。狂风乱吹,树叶、泥沙被卷起来,让人睁不开眼。

"立即通知承包单位,命令打桩船撤离。安全第一。"茅以升说。

一个小时后,承包单位报告:打桩船撤离途中遇到巨浪,船触礁沉没,船上六十三人全部遇难。

茅以升他们心情沉重。

"六十三条人命!"

"钱塘江到底能不能造桥?"

"……"

第二天的报纸,报道了钱塘江打桩船惨案。

"你们到底能不能造桥?死那么多人!"铁道部被舆论搞得焦头烂额,责问曾养甫。

"不造桥,将来死的人会更多!"曾养甫回答。

铁道部发狠说:"再死人,工程立即下马!你们一个个绳之以法！"

"我一人赴死，"曾养甫说，"茅以升他们继续造桥！"

"唐臣兄，天塌下来我顶！"曾养甫拉着茅以升的手，"不用过多久，你就会看到建造钱塘江大桥有多重要！"

"国难当头，唐臣和诸君，定尽自己所能，不愧天地、百姓！"茅以升说。

正当大家为打桩基犯愁的时候，一天，茅以升看见一个孩子用铁壶嘴浇花，水流把花下的泥土冲出一个小洞。他受到启发，决定先通过高压射水管冲开江底的泥沙层，拔出射水管插入桩基，再用蒸汽锤向下打。

这种方法果然管用，一天一夜可以打30根桩基。

"呵呵，唐臣兄，你说过的，办法就在等着我们。"罗英开心地说。

一个困难解决，另一个困难出现。钱塘江水流湍急，难以施工。茅以升发明了"沉箱法"，先将箱子口朝下沉入水中，罩在江底，再用高压气挤走

中华先锋人物故事汇 茅以升

箱里的水，工人在箱里挖沙作业，使沉箱与桩基逐步结为一体，再在沉箱上筑桥墩。沉箱是长方体钢筋混凝土结构，长约18米，宽约11米，高约6米，重约600吨。四个沉箱在岸上做好，利用浮力运到规定位置，再用锚链固定。但是，江上忽然巨浪滔天，一会儿潮涨潮落，一会儿狂风暴雨，四个沉箱挣断锚链，顺水横冲直撞，其中一个甚至撞坏了四五千米之外的南星桥码头。

施工队派船员抓住沉箱，用二十四条船把它拖回原来的位置，但四个沉箱像凶猛的野兽不肯驯服，一次次逃跑，最远跑到十公里之外，沉陷到泥沙中。

江边的桥墩同时施工。因为江水浅，做好的沉箱无法浮运过去，改用"围堰法"，就地浇筑。做钢围堰的时候，山洪暴发，把钢围堰冲垮。

"几个？"曾养甫看着茅以升。

茅以升黑着脸，弯起指头做了一个"9"——九位技术人员遇难。

"把桥造好，他们的牺牲才值得！"曾养甫沉默了一会儿，对茅以升说，"否则，他们就白死了，我们也白活了！"

"你能不能不催?!"茅以升突然发火了。

曾养甫看着茅以升。

茅以升指着曾养甫的鼻子:"你是个催命鬼!"

"你很快就能知道,造大桥有多重要!"曾养甫吼着。

"……"茅以升没有话说了。他每次气得像气球,曾养甫的话都像一根针,让他泄气。

茅以升每一天都在煎熬。

"唐僧取经,经八十一难;唐臣造桥,也要经八十一难。"韩石渠说,"吾儿不怕!"

"唐僧有孙悟空,我呢?我没有金箍棒。"茅以升说。

韩石渠说:"你的金箍棒,就是你的脑子!"

"有了!"茅以升的情绪忽然昂扬起来。

沉箱漂移,说明固定它的锚链不够分量。如果我们加大锚链的重量,并且让它锚到泥沙层深处呢?

"用更大的锚链!"罗英和茅以升想到一起了。

施工队很快浇铸了10吨重的钢筋混凝土大锚,用高压射水将它们深埋到泥沙中。

沉箱终于老实了。

挥泪炸桥

一九三七年十二月二十三日下午一时,南京的命令下达:"立即炸桥!"

冬天的云层很厚,天地之间灰蒙蒙的。狂风发出凄厉的怪叫声,疯狂地撞击着大桥,也把桥下的江水搅得怒涛滚滚。

茅以升捂住胸口,那里一阵一阵绞痛。

昨天,日军进攻武康、富阳,已经逼近杭州。钱塘江大桥必须立即炸掉!

茅以升最早知道要炸桥,是十一月十六日。那天午后,一个戴墨镜的中年人找到茅以升。

"这很残酷。先生,您亲手建造的大桥,让您亲手炸毁。"来人叫丁大飞,是南京工兵学校少校教官。他摊开炸桥方案。按照这个方案，钱塘江大桥将灰飞烟灭。

"不用炸毁，炸断就行。"茅以升摇摇头说，"我在靠南岸第二个桥墩里，预留了一个可以装炸药的空洞。"

"啊？"丁大飞吃了一惊。

"桥可渡我，也可渡敌。"茅以升说，"不能把桥留给日本人。"他指着桥下隐蔽的车辆说，"先别炸，正是需要大桥的时候。"

"这……不是还没通车吗？"丁大飞看着桥面说。桥面上堆着预制板、钢筋、水泥。

茅以升说："这是迷惑日军飞机的。白天伪装成工地……"

呜——防空警报突然响了。茅以升和丁大飞来不及下桥，藏在一堆预制板后面。不一会儿，一架日军的侦察飞机由远而近，贴着桥面绕了一圈，扬长而去。

"晚上把路面的材料拖走，过人、过车。"茅以升说。

天黑下来了。

桥面的障碍迅速被拉到两边。一辆辆汽车从黑暗中开过来，再向黑暗中开去。它们没开灯，经过的时候像一片片乱糟糟的影子。在车辆之间、两侧，是密密麻麻逃难的人。这时候，桥身微微震动，感觉有一个庞然大物爬了上来，喘着粗气，从脚下缓缓通过。

"火车？"丁大飞问茅以升。

茅以升点点头："趁黑通过。铁路九月二十六日通车，也是在凌晨四时。"

"报告！"一个士兵骑着摩托，从夜色深处过来，交给丁大飞一份文件。

"先生，今天过桥的车辆……"丁大飞看着文件，对茅以升说，"机车379辆，客货汽车2692辆，人不计其数。"

"先生，这怎么办？"丁大飞看着眼前的状况问。

茅以升说了他的计划。

现在就把炸药装到靠南岸的第二个桥墩和五孔钢梁上，再把168根引线接到南岸的一所房子里。炸桥的人在南岸桥边守候。等到最后时刻，把每根引线接通雷管。

"提前准备，随时引爆？"丁大飞懂了，"我马上把您的方案报告南京。"

南京同意茅以升的方案，并且要求大桥当晚开放。

"日军的飞机发现了，要轰炸的！"茅以升说。

"四个防空火炮团已经进入南桥头阵地。"丁大飞说。

晚上桥面被整平，路灯都亮了。各种车辆亮着大灯冲上大桥，逃难的人扶老携幼，跌跌撞撞向南跑。

茅以升走到桥下，拿着在康奈尔大学买的相机，对准夜色中的钱塘江大桥。

钱塘江大桥上的灯光，勾勒出大桥俊俏、刚健的影子。灯光倒映在江面，粼粼波光让十六个大跨度桥孔隐约可见。离桥不远的地方，是月轮山。月轮山上，六和塔的塔尖亮着，像天上的星……

镜头里，天、地、江、山、桥、塔组成一幅壮丽的画卷。但空气中飘散着浓重的汽油味，汽车和火车的鸣叫声吵成一片，把茅以升拉进残酷的现实。

桥上的车和人一天比一天多。

日军发现上当了，日夜派飞机轰炸。大桥两头增加了防空火炮，炮弹像节日里的烟花，源源不断地蹿上天空，逼得日军飞机只能在高空乱投炸弹。

炸弹在水里爆炸，激起冲天的水柱。每一颗炸弹落下来，都让茅以升胆战心惊。

钱塘江大桥，是在茅以升手上一天天长起来的。

但是，这座通车不到三个月的大桥，就要被炸断了。

茅以升整夜不睡，等待炸桥的最后时刻。

夜色退去，遮掩大桥的面纱被揭开了。天空中飘忽的，不知道是硝烟还是乌云。仓皇的车，仓皇的人，夺路而逃。

多灾多难的国家，多灾多难的民众！茅以升的眼里，饱含泪水。

"先生，准备就绪！"丁大飞带着一队士兵跑步到茅以升面前，双腿并拢，举手敬礼。

茅以升指着桥上一辆接一辆的汽车、一个挨一个的难民说:"再等等。"

下午三时,已经能听到隆隆的炮声。再等等。

四时,已经能看到冲天的火光。再等等。

五时,六和塔上的哨兵挥动旗帜,表示已经看见日军的先头部队。

不能等了!

丁大飞命令,立刻禁止车辆、行人上桥。

茅以升颤抖着高举右手。他的手在空中迟疑了一下,然后果断地向下一划!

爆破器启动。

茅以升紧盯着南岸的第二个桥墩和五孔钢梁。他是最不想大桥毁坏的人,又必须亲眼看到大桥被炸断。

轰!南岸的第二个桥墩和五孔钢梁,突然爆出一团巨大的火光,随即传来惊天动地的响声。

钱塘江大桥被拦腰折断。

"我亲手把自己的儿子掐死了。"茅以升两眼一黑。他看着大桥断裂的缺口,咬着牙发誓:"桥虽被炸,然抗日必胜!此桥必获重修!"

焕然一新的钱塘江大桥

"先生,一切都准备妥当。"汪菊潜对茅以升说。

茅以升微笑着点点头,背着双手,在钱塘江大桥上慢慢走着。

桥面整洁平坦,像被磨刀石磨过。南北两座桥头堡披着红绸带,堡顶鲜艳的五星红旗迎风招展。

太阳已经升起,悬挂在钱塘江之上,金光万道。江面波光粼粼,像撒下无数的碎银。船多了,船也大了,行驶在各自的航道,在水面犁出扇形的波纹。抬眼看向远处,碧蓝的天空下,鸟儿自由地鸣叫、飞翔。长江岸线流畅自然,岸边芦苇青青。六和塔耸立在草木葱茏的月轮山上,像一个巨人在端详河流、桥梁、田畴、屋舍。更远的地方是城市的轮廓，高高低低的房屋，站在辽远的地平线上。

呜——一声嘹亮的汽笛声，从身边响起。一艘下红上白的巨轮隆隆地从桥下穿过，眨眼工夫就到了大桥的另一边。

"大桥虽是人工产物，但屹立在大地上，竟与山水无殊，俨然成为自然界的一部分了。"茅以升自豪地说。

汪菊潜接过茅以升的话说："我查看先生留下的资料，大量的资料让我惊讶！我从那些数字、字母、符号上，看出先生是一位伟大的诗人。"

"做任何工作，都要留下资料，越详尽越好。"茅以升说起了另一个话题。

汪菊潜说："我看到了。您总是在最前线，一九三七年八月十四日在沉箱里，差点殉职。"

一九三七年八月十三日，日军进攻上海。第二天，日军飞机空袭杭州。大桥切断电源，所有人都撤到山上，只有茅以升几个还在6号沉箱里工作。幸亏沉箱需要的高压空气是另一个系统提供的，而且敌机丢下的炸弹没有炸到沉箱。

"还好炸弹掉进江里，不然我们都完了。"茅以升笑着说。

"如果先生完了，中国建桥史的开篇，恐怕会拖后很多年。"汪菊潜说，"'射水法''气压沉箱法''伸臂法''浮运法''搭架法''基础、桥墩、桥梁上下并进，一气呵成'等，就无从谈起。"

"呵呵，没有那么多'法'，因为是第一次做，就成了'法'。"茅以升说，"中国建桥史，迟早会开篇！"

嘀嘀——一辆大卡车开足马力，迎面而来。然后嘎地急刹车，再放慢速度，缓缓开过来，停在茅以升身边。转动的马达让大桥震颤着。

这辆车在做通车前的最后测试。

驾驶员摇下车窗，向茅以升和汪菊潜致敬。

"驾驶员同志，感觉怎么样？"汪菊潜问。

驾驶员跷起大拇指说："非常好！"

"只有在新中国，钱塘江大桥才可能真正获得新生！"茅以升抚摸着大桥上的扶栏，无限感慨。

修复钱塘江大桥的工作，是从一九四六年春天开始的。茅以升从重庆回到杭州,交通部令他主持修复大桥。

"这一天终于来临!"茅以升没有觉得意外。他说过,桥虽被炸,然抗日必胜!此桥必获重修!他急匆匆赶到钱塘江边。

钱塘江大桥南岸的第二个桥墩,顶部被炸毁,大桥因此断裂。抗日游击队又两次趁黑下水,在第五、第六号桥墩安放定时炸弹,把这两个桥墩炸裂了。大桥像一条被打断腰的巨龙,趴在江上,气息奄奄。

日本人占领杭州后,急忙修桥通车,但都是临时应急行为,对大桥造成了更大的破坏。被炸断的五孔钢梁,日本人用普通的碳钢连接,而不是用原来的高级合金钢,钢梁的强度被削弱,承载力严重下降。他们为了减轻普通碳钢的压力,竟然将公路桥的钢筋混凝土路面凿去,把公路桥毁了……

"分两步走,"茅以升决定,"先通车,再复建!"

按照茅以升的计划,第一步先对大桥整体进行检测,然后在五孔钢梁上面铺设木板,临时让汽车单线行驶。

半年之后，大桥恢复双层路面功能。火车过桥，时速控制在十公里以内，汽车时速控制在十五公里以内，而且火车与汽车不能同时过桥。即使这样，通往浙东南的必经要道——钱塘江大桥，作用也开始发挥，桥上川流不息。

第二步对大桥进行修复。茅以升委托中国桥梁公司上海分公司承办。

"菊潜同学好！"茅以升把手伸向总工程师汪菊潜。

"先生！"汪菊潜毕恭毕敬地站着。他比茅以升小十岁，一九二八年从美国康奈尔大学硕士毕业，并且也曾在匹兹堡桥梁公司实习。

茅以升拉着汪菊潜的手说："复桥并不比造桥容易。"他把十四箱有关钱塘江大桥的资料交给汪菊潜。这些珍贵的第一手资料，跟着他在炮火纷飞中颠沛流离。

"您先通车，再修桥的决策，"汪菊潜说，"和'上下并进，一气呵成'异曲同工！"

"通车第一重要。"茅以升说，"林同炎君测算过,即使大桥通车不到三个月就炸断,这些天运送物资的价值,也已经超过大桥投资成本,另外有超过一百万的难民从桥上经过。"

林同炎是茅以升回国在唐山任教时的得意门生。林同炎原来叫林同棪。有一天,茅以升对他说,把"棪"改成"炎"更好,"同是炎黄子孙"。他当即改名。现在他在美国,是享有世界声誉的桥梁专家。

"更重要的是,钱塘江大桥的建成,大大提升了国人的自信。中国人也能设计、建造现代大型桥梁。"汪菊潜说。

茅以升点点头,指着江中大桥说:"日本人修的第二个桥墩,桩基根本没打进岩石层,而是扎在泥沙层。基础不扎实,哪里敢承重?另外,江水吹走泥沙,桩基失去保护,桥会倒塌。"

"需要把日本人做的都清除掉,"汪菊潜说,"另外,我已经定制了高级合金钢。"

修复钱塘江大桥,国民党政府缺经费,工地也缺材料,工作进行得很慢。

一九四九年四月二十三日,解放军渡过长江,挺进江南。

国民党政权即将土崩瓦解，其党政要员纷纷自寻门路。上海市市长吴国桢辞职，陈良接任。陈良知道茅以升的威望，五月二日，任命他为上海市政府秘书长。他以生病为借口，不肯上任，但共产党地下组织找到他，希望他以秘书长的身份，为保护上海、营救进步人士做贡献。

"好！"茅以升答应了，但他的心思在杭州。

几天前，国民党军队接管大桥，强行让复桥人员撤离，开始在大桥上埋炸药。

"他们为了阻止解放军的进攻，准备在最后时刻炸桥。"茅以升告诉汪菊潜。

"怎么办？"汪菊潜问茅以升。

茅以升说："他们不知道大桥的结构，伤不了大桥的筋骨。你们随时准备修复大桥，让大桥为解放军服务！"

五月三日，杭州解放。下午，国民党军队逃跑经过大桥时，引爆炸药。

果然，爆炸给大桥造成的损失不大。经过抢修，公路和铁路第二天就恢复了通车。

全面修复大桥,用了七年多的时间。

钱塘江大桥焕然一新,横跨在一江春水之上。

"菊潜君,我有一腔报国愿望,无奈生不逢时,只独立承担一座大桥的设计与制造。你正当年,赶上好时代。"茅以升对汪菊潜说。

"您的这一座,可是开天辟地啊!"汪菊潜说,"我已经接到命令,担任武汉长江大桥的总工程师,梅旸春担任副总工程师。您和罗英、李国豪等二十七位先生,组成大桥技术顾问委员会,您是主任委员。"

万里长江第一桥

蛇山是武汉长江南岸的一座小山,绵延如蛇,与汉阳的龟山隔江相望。山顶著名的黄鹤楼居高临下,武汉三镇尽收眼底。

长江进入汛期。江水上涨,江面变宽,江对岸好像变远了,江上的船也好像变小了。江水一浪一浪地撞击堤岸,激起的水汽被风吹上山,像蒙蒙细雨。天上厚厚的乌云,被强劲的风撕开。阳光像一把把金色的长剑,从云层的缝隙里刺杀出来。

"建造桥墩,用'气压沉箱法',被钱塘江大桥证明是行之有效的。"

"苏联专家的武汉长江大桥设计方案,采用的也是'气压沉箱法'。"

"武汉长江不是钱塘江,地质、水深等都不一样。"

"尤其是水深,最高水位接近40米,已经是沉箱施工的极限深度。"

"有没有突破禁区的可能?"

"……"

武汉长江大桥技术顾问委员会的专家们,在蛇山顶上的黄鹤楼里讨论着。大家七嘴八舌,针锋相对。

彭敏带着汪菊潜、梅旸春也来了。

彭敏是志愿军铁道兵团第三副司令员,中央调他担任武汉长江大桥工程局局长。他的右腿在朝鲜战场上严重受伤,在山路上行走很困难,但腰板挺直、端坐如钟。

茅以升认真地听着。他是技术顾问委员会主任委员,也是此次会议的召集人、主持人。

武汉是著名的江城。长江和它最大的支流汉江,在这里交汇,武昌、汉口、汉阳三座城市,隔江鼎立。

这里特别需要一座大桥,跨越长江、汉水,连接武昌、汉口和汉阳，并打通京汉、粤汉铁路。

清政府、北洋政府、国民党政府都曾提出要造桥。张之洞最早提出设想，詹天佑对大桥桥址做了初步勘测和设计，孙中山把建造大桥写进了《国际共同发展中国实业计划书》。但国力薄弱、战乱频繁，在长江上造桥，只是一个梦想。

茅以升对武汉长江并不陌生。一九三五年，他曾经应邀到武汉勘察，形成过大桥设计和建造的初步方案。

一九四九年九月，茅以升和李文骥向中央人民政府递交《筹建武汉纪念桥建议书》。

"为什么叫纪念桥？"周恩来问。

李文骥说："建造武汉长江大桥，作为新民主主义革命成功的纪念性建筑。"

几天后，毛泽东主持召开中国人民政治协商会议第一届全体会议，通过建造武汉长江大桥的议案。

"你和我是本家啊。"毛泽东对茅以升说。

"……"茅以升没想到毛泽东和他说的第一句话竟然是句玩笑话，一下子不知道怎么回答。

毛泽东用浓重的湖南口音说："一九二七年的

春天，我上过武汉蛇山上的黄鹤楼。"

"对，您写过《菩萨蛮·黄鹤楼》。"茅以升脱口而出，"茫茫九派流中国，沉沉一线穿南北。烟雨莽苍苍，龟蛇锁大江。黄鹤知何去？剩有游人处。把酒酹滔滔，心潮逐浪高！"

"那是革命最危急的时候。我希望再上黄鹤楼，又有心得啊。"毛泽东说。

一九五〇年十月，周恩来总理主持召开会议，专门讨论武汉长江大桥的方案。

"你有建造钱塘江大桥的经历，希望你对这座大桥多多出力。"周恩来总理对茅以升说。

茅以升郑重地说："我一定尽最大的努力！"

铁道部派出勘探队，对武汉江底进行地质勘探。经过近三年的工作，勘探队选出龟山—蛇山线为最合适的桥址线。龟山、蛇山之间的江面最窄，而且一桥可以连接三镇。

一九五三年，国家请苏联交通部对武汉长江大桥做出初步设计。武汉长江大桥为铁路、公路双层联合大桥，大桥的结构与钱塘江大桥几乎相同。

武汉长江大桥的桥墩建设，专家一开始倾向、推崇"气压沉箱法"。这是当时国际通行的做法，国内在钱塘江大桥上得到了验证。这个方法被写进了武汉长江大桥建造方案，得到了苏联专家的肯定。周恩来主持政务院会议，批准了这个方案。

但是，随着开工日期的临近，越来越多的专家有了疑问。武汉长江水深，超过了沉箱施工的极限深度，"气压沉箱法"可行吗？

大家相持不下，茅以升把讨论会开到黄鹤楼上。他浪漫地说："我们的争论，让长江做证。"

"桥上要通过双向铁路、四排汽车道、两排人行道，"罗英说，"桥下还要在高水位时通过十几米高的大轮船。它的规模远超钱塘江大桥。仅此一点，照搬钱塘江大桥的做法，也不可取。"

梅旸春说："武汉长江大桥，8个桥墩，6个桥墩施工水深超过35米，接近40米。已经达到沉箱施工的极限深度。"

"我们这批人当中，"李国豪看氛围有些僵，把话题稍稍岔开，"唯一到过沉箱里工作的，就是茅先生。"

"高压下工作，人非常吃力，对身体的损害很大。沉箱里允许工作的空气压力也有限，如果水深超过37米，就无法进沉箱工作。"茅以升接着李国豪的话说。

"我们能不能突破极限？当然可以，发扬革命精神。"茅以升说，"但是，这样做的代价非常大。不到万不得已，我们不能以牺牲人为代价。"

"我赞成茅以升同志的观点！我们不怕牺牲，但现在不是一九四五年，是一九五五年，不是革命战争年代，是和平建设时期。"彭敏拖着一条残疾的腿，走了几步，面对专家们站着，敬了一个军礼，"需要各位专家同志贡献智慧，减少不必要的牺牲！"

"我总觉得，有更好的办法在等我们，就等我们去找到它。"茅以升说。

"办法你们想，对中央和苏联专家的解释我去做。"彭敏说。

"气压沉箱法"被改为"管柱钻孔法"。把钢筋混凝土空心管柱沉到江底岩石上；用大型钻机从管内钻进岩石，打出和管柱直径相同的孔；把钢筋混凝土填进管内，使管柱成为深深嵌入岩石的实心圆柱。把多个管柱放在一起形成管柱群。然后，再造一个围堰，把管柱群围起来，用钢筋混凝土把管柱之间的空隙填满，成为一个庞大的圆柱。这个圆柱就是桥墩。

"管柱钻孔法"，不需要人工到水下操作，也不受水深影响，解决了施工的特殊困难。因为可以提前施工，还缩短了工期。

九月一日，武汉长江大桥正式开工建设。

大桥工程局在施工期间，先后向技术顾问委员会提出了不少重要问题。每次都由茅以升主持召开会议进行讨论，一一做出科学答复，保证了大桥的质量。

一九五六年六月，这天一大早，彭敏找到茅以升："茅以升同志，知道毛主席昨天做什么了吗？"

毛泽东五月底从长沙来到了武汉。

武汉长江大桥初现轮廓。毛泽东坐船从桥下过，徒步从桥上走，昨天下午又畅游长江，在水面上仰望大桥。大桥像巨龙横卧，像长虹飞跨。这是万里长江上第一座大桥，而且全部由中国人设计、施工。

"呵呵,"茅以升没有回答彭敏的话,而是问,"毛主席写诗了?"

"嗯?您怎么知道?"彭敏觉得很惊奇,但他没有追问。他告诉茅以升,毛主席写了一首词《水调歌头·游泳》。

才饮长沙水,又食武昌鱼。万里长江横渡,极目楚天舒。不管风吹浪打,胜似闲庭信步,今日得宽馀。子在川上曰:逝者如斯夫!

风樯动,龟蛇静,起宏图。一桥飞架南北,天堑变通途。更立西江石壁,截断巫山云雨,高峡出平湖。神女应无恙,当惊世界殊。

"呵呵,毛主席又有心得了。"茅以升很开心。

永恒的桥魂

大雪下了一天一夜,早晨停了。厚厚的雪,覆盖了树木、道路、房屋,满眼都是洁白。太阳把雪地照成了镜子,蓝天被映衬得发亮。风把地上的积雪扬起来,纷纷扬扬、飘飘洒洒,每一粒都晶莹剔透。

嗡—— 一只风筝斜着脸迎着风。风筝很大,即使在半空,也像一个筛子。风筝上大大小小的葫芦,发出清脆悦耳的哨声。

茅以升微微睁开眼睛,侧过头。

护士明白茅以升的心思,把窗子打开一条小缝。清凉的风送进明亮的哨声,听上去高远、悠扬。

"我……要走了。"茅以升对医生说。

医生说:"您的病在恢复阶段,很快就会康复。"

"……"过了一会儿,茅以升带着一丝笑容说,"报告……总理……我任务完成……"

医生和护士看着茅以升身边的工作人员。

"是人民大会堂。"工作人员说。

护士问:"北京人民大会堂?"她看看茅以升说,"茅老不是桥梁专家吗?怎么……"

"你看——"工作人员用右手画了一个弧度,表示大会堂的穹顶与大桥、桥孔相似。

"噢——"医生和护士点点头。

一九五八年十月,人民大会堂在北京开工兴建,计划一九五九年九月上旬竣工,必须在十月一日国庆十周年庆典时投入使用。万人大礼堂、五千人大宴会厅……这么宏伟、高质量的建筑,设计者和建造者不仅没做过,就是见也没见过。

中共北京市委邀请全国各地的专家进京,其中十八位专家组成建筑方案结构审查组,茅以升担任组长。

"举世瞩目，举国同庆！不许差！不能差！"茅以升说。

万人大礼堂净高需要33米，穹顶形顶棚与墙身交接的地方，用弧形曲面连成一体，没有边缘，避免给人强烈的距离感。专家组研究发现，结构的设想非常好，但设计有不合理的地方，如果不加以修正，会留下安全隐患。他们经过认真研究，形成报告，上报北京市委。

北京市委将报告呈送周恩来。

周恩来审阅报告，又召集茅以升等专家座谈，认真听取意见，然后指示："要茅以升组长签字，承担保证人民大会堂的安全责任。"

茅以升代表专家组郑重签字。

一九五九年国庆十周年活动结束，人民大会堂安然无恙，茅以升才松了一口气。

"茅老，茅老，"工作人员贴着茅以升的耳朵说，"我们报告总理了。总理很高兴。"

"噢——"茅以升呼出了一口气。一缕阳光，从窗口探进头来，停留在茅以升的脸上。

"茅老！"护士轻声呼唤着，给茅以升梳着头发。

茅以升没有反应，意识好像又飞走了。他连续几天都是这样，一会儿苏醒，一会儿昏迷。

大家心照不宣，默默地准备后事。

咚咚咚，有人敲门。

打开门，走进三个戴红领巾的小朋友。一个捧着鲜花，一个拿着一幅画，一个托着一条红领巾。他们的脸红扑扑的，眼睛里闪着兴奋的光。看到茅以升在病床上昏迷不醒，旁边放了许多抢救的仪器，他们的脸色变得煞白，眼睛里闪着泪花。

"爷爷，您答应我的……"手捧红领巾的小朋友说。

手捧红领巾的小朋友叫陈良涛。茅以升到他们学校去做过报告。上个星期天，他代表全校同学来看望茅以升。茅以升病情虽然恶化，但头脑还清醒。他和茅以升比赛背圆周率。他背得很快，背到小数点后面第一百位，茅以升才背到第五十六位。

"孩子，你赢了。"茅以升说，"你们应该赢！我九十岁了。孩子，你们前程远大！"

陈良涛和茅以升约好，这个星期天比赛背《滕王阁序》。

茅以升躺在病床上，没有任何反应。

"快看——"医生指着床上说。

茅以升的手指在床上摸着什么。

工作人员想了一下，把几本书推到茅以升手边，把他的手放到书上。这是他写的《钱塘江桥》《武汉长江大桥》《中国桥梁——从古桥到今桥》，他主编的《中国古桥技术史》……但他的手，只是在书上停留了一会儿，挪开了，又在摸。

茅老在摸什么呢？医生、护士，还有茅以升身边的工作人员，猜测着。

"茅老，您在找什么？"护士问。

茅以升闭着眼睛，嘴巴动了动，手指还在一点点地摸。

"是……党旗？"身边的工作人员根据茅以升的嘴形说。

茅以升的手指停止了摸索。

"快！"医生说。

护士小心地捧出一块叠得方方正正的红布。工作人员和医生把红布展开。

一面中国共产党党旗。

茅以升清醒的时候有交代,他去世之后,身上要覆盖党旗。

"茅老,您看——"身边的工作人员说。

茅以升一动不动,好像失去了意识,又好像在积蓄力气。

茅以升在新中国成立前就参加过进步组织。新中国成立后,他申请加入中国共产党。

"欢迎!"周恩来说,"但是,像茅以升这样享有世界声誉的科学家,是入党还是留在党外更加便于工作,要慎重考虑。"

之后,茅以升一直没有再提入党要求,但时刻以共产党员的标准要求自己。他说:"党是建设国家的总工程师。我们这些建设国家的工程师,都要永远跟着总工程师走!"他过了九十岁生日,觉得再不申请入党,可能就没有机会了,于是在一九八六年十一月二十二日,写了入党申请书。

我已年逾九十,能为党工作之日日短,而要求

入党之殷切期望与日俱增……我是继续在党外，还是入党？怎样对党有利，对国家和人民有利，我就应当怎样做，这是大局。而为共产主义奋斗终身，这是我终生志愿。

"我要递交入党申请书。"茅以升给许德珩打电话，"我一天都等不及了。"

"好啊！"许德珩说。他比茅以升大六岁，是全国人民代表大会常务委员会副委员长。他长期在党外工作，一九七九年八十九岁的时候，加入了中国共产党。他完全能理解茅以升的心情。

"我马上到您家里来。"茅以升说。

许德珩说："唐臣，年纪大了，不要跑，让其他同志送来。"

"我必须亲手交给您。"茅以升说。

茅以升把入党申请书送到许德珩家，说："我请您做我的入党介绍人。"

"好！"许德珩说。他把茅以升的入党申请书交给了中共中央统战部。

中央批准了茅以升的入党申请。

一九八七年十月十二日,九十一岁高龄的茅以升,在中共中央统战部礼堂会议室,向党旗宣誓。

陈良涛把鲜花放在茅以升的床头。

一个小朋友打开一幅画,画上是茅以升爷爷和小朋友们在一起,背景是一座雄伟的大桥。

一个小朋友给茅以升系上红领巾。

"茅爷爷——"小朋友抓着茅以升的手。

茅以升慢慢睁开眼睛,盯着鲜红的党旗。党旗的红色映照在他的脸上,使他格外有精神。然后,他的目光逐渐暗淡,嘴里喃喃地说:"回家……镇江……老家……"

一九八九年十一月十二日,茅以升在北京医院去世,享年九十三岁。